KB082762

혼자서도
행복할
결심

내 인생에
응원이
필요한 시간

혼자서도
행복할
결심

제인 수 지음
송수영 옮김

이아소

차 례

오늘도 소중한 하루   3

그럭저럭 행복하다

때로는 흔들려도 ⑤

일러두기
· 괄호 안의 설명은 저자의 글입니다.
· 작은 글자로 쓰인 설명은 옮긴이가 보충한 내용입니다.

진격의 언니

1

애써 화장해도 사진엔 민낯

뜬금없지만 중요한 얘기니 잘 들어보시길. 선배로서 여러분에게 꼭 알려주고 싶은 충격적인 사실이 있다. 사십 대가 되면 아무리 공들여 메이크업을 해도 화장이 사진에 나오지 않는 신기한 현상이 일어난다. 진짜 매직이다!

SF 작품 등을 접한 뒤 느끼는 불가사의한 감동을 '센스 오브 원더sense of wonder'라고 하던데, 이것이야말로 진짜 사십 대의 센스 오브 원더다. 이전에 대담을 했던 만화가 이토 리사 선생이 "아무리 화장을 해도 사진에 안 나와서 메이크업을 하지 않게 되었다"라고 하시더니 나도 이 말을 절절히 체감하는 날이 닥치고야 말았다. 평소와 똑같이 화장을 하는데도 사십 대 중반 무렵부터 어느새 사진의 나는 민낯이다.

얼굴을 찬찬히 뜯어보면 턱이며 눈이며 눈썹의 윤곽이 흐릿하다. 부의 봉투에 서명할 때 쓰는 얇은 검정 붓펜으로 간신히 짜내 그린 얼굴. 윤곽이 수채화다. 나이를 먹어 얼굴 본판 자체가 희미해지니 전과 똑같이 화장해도 회복이 어림없는 것인가.

두꺼운 파운데이션, 과한 볼 터치, 톳을 얹은 듯한 마스카라로 상징되는 1970~1980년대 아줌마 화장은 사진에 '화장한 티를 꼭 내야겠어'라는 굳은 의지가 엇나간 결과가 아니었을까. 21세기를 사는 신중년이 똑같은 전철을 밟을 수는 없고….

그렇다면 어찌할까. 그래서 내가 주목한 것이 윤곽 메이크업, 구체적으로 킴 카다시안 메이크업이다. 무슨 소리인지 모르겠다 하시는 분은 '킴 카다시안 메이크업'으로 영상을 검색해보시길. 얼굴의 입체감을 과도하게 연출하는 기법인데, 나도 이런 분장이 필요한 시기에 접어든 것이다.

쇠뿔도 단김에 빼랬다고 킴이 프로듀스한 KKW 뷰티 제품을 인터넷으로 주문했다. 2주 정도 걸려 크레용 같은 질감에 검붉은 된장빛의 컨투어링 스틱과 눈이 아찔할 정도로 반짝이는 하이라이트 팔레트가 도착했다. 하아, 이런 걸 얼굴에 발라도 되나, 하고 주저하게 만드는 질감이다. 무대 메이크업용 화장품 느낌이다. 딱히 〈캣츠Cats〉 무대를 지망하는 사람도 아닌데….

우선은 지시하는 대로 안면에 선을 그리니 흡사 이시이 다쓰야팝 뮤지션으로 1982년 결성된 고메코메 클럽의 메인 보컬이자 프로듀서, 영화감독. 활동 당시 짙은 눈썹과 볼 셰이딩을 강조했다 나 데몬 고구레헤비메탈 뮤지션. 얼굴 전체를 희게 하고 눈두덩과 아래턱에 원색의 짙은 색조 화장을 했다 같은 내가 거울 앞에 있다. 이거 정말 괜찮을까?

계속 매뉴얼대로 라인을 잘 펴주니 피부 발림은 좋으나 옅어져봤자 휴일의 이시이 다쓰야 정도가 고작이다. 휴일에 이시이 다쓰야가 어땠는지 잘 모르지만 어쨌든 거울 속 나는 그런 느낌이다.

이시이가 이끌었던 고메코메 클럽이 히트곡 '당신이 있는 것만으로'를 발표한 때가 1992년이었을 것이다. 어느새 30년이 훌쩍 지나버렸다. 드라마 〈맨얼굴 그대로후지TV에서 1992년 방영한 트렌디 드라마로 신드롬을 일으켰다. 우리나라에 '솔직한 그대로'라는 제목으로 소개되었다〉의 주제곡이었다.

30년이 지나 고메코메 클럽 같은 메이크업을 해도 '맨얼굴 그대로'의 상태라니 현실은 언제나 예상보다 훨씬 잔인하다. 30년 전 나는 열아홉 살, 화장을 살짝만 해도 진해 보이던 그 시절이 그립다.

자, 30년 후의 나는 어서 정신을 차리고. 요는 화장이 사진에 잘 나오는가이다. 촬영이 있는 인터뷰 당일, 만반의 준비를 하고 윤곽 메이크업에 도전해보았다. 그리고 촬영한 모니터를 보고는 깜짝 놀라고 말았다. 이거 실화인가? 딱 좋은 상태가 아닌가!

빨강과 초록과 파랑 같은 화려한 원색을 사용하지 않아 화장이 두꺼운 느낌은 없다. 그런데 음영을 준 덕분에 얼굴의 입체감이 또렷할 뿐 아니라 표정까지 밝아진 듯 보였다. '사진은 정말 신기하네' 하고 생각하고 있는데 지나가던 스태프가 한마디 던진다.

"오늘은 메이크업이 내추럴하고 좋아요!"

아아, 그렇구나. 사진만이 아니구나, 현실도 그렇구나. 사십 대에겐 고메코메 클럽이 딱 맞구나. 아무래도 내 시야도 인식도 꽤 흐릿한가 보다.

견딜 수 있는 무게는 100킬로

오랜만에 솔로로 돌아왔다. 우선 집 찾기부터.

당분간은 가족용 구조의 집에서 살고 싶지 않다. 가사, 그리고 단란한 복수의 인간이 밝고 건강하게 생활하기 위해 만든 유기적인 장소와 얼마간 거리를 두고 싶다.

한동안 맥없이 지낼 수도 있지만 이번 건은 지독히 고민하고, 많이 울고, 스스로 결정한 일이다. 그러므로 수동적인 자세는 나답지 않다고 생각했다.

이런 때야말로 센 척하는 것이 맞지 않을까. 최종적으로 서로 이해하고 내린 결론이니, 가해자 행세도 피해자 행세도 하고 싶지 않다.

그렇게 격한 감정의 소용돌이를 보낸 몇 주 후, 눈앞에

도쿄 타워가 우뚝 내다보이고, 방 하나에 거실과 주방이 딸린 비일상적인 느낌의 임대 물건 하나를 발견했다.

거실이 무려 23 m^2! 정말이지 생활감이 일절 없다. 수납공간도 없다. 수납공간이 없으니 거실이 이렇게 넓구나. 수납공간을 두면 단박에 좁아지겠지. 이 얼마나 놀라운 도시의 트릭인가!

세탁기는 빌트인으로 세탁 용량이 너무 적다. 가족이라면 꼬리를 빼고 도망칠 수밖에 없다. 즉 중년 여성 혼자 살기에 딱이다.

그러나 수납공간 부족은 다소 고민스럽다. 아무튼 나는 짐이 많다. 그렇다고 선반과 서랍장을 여기저기 들여놓으면 내가 원하던 비일상성이 순식간에 사라진다.

도시 한가운데 있는 비일상적인 싱글용 주거지는 종종 수납공간이 부족한 것이 최대 난점이다. 그러나 생활감과 눈에 보이는 수납 가구의 수는 비례한다고 해도 과언이 아니다. 거실에 수납 가구를 두지 않을 방법이 없을까.

나는 대책을 구하기 위해 친구들에게 상의해보았다.

"침실에 벙커 침대를 사서 그 아래 공간에 짐을 두면 어떨까?"

제법 그럴듯한 의견이 속속 나왔다.

"위험하지 않아? 밤중에 화장실에 가려다 사다리를 잘못 밟아서 골절되면 어떡해⋯."

"올라가기 귀찮아서 소파에서 잘 것 같은데."

"여름엔 더워. 열기가 위로 올라가잖아."

과연 뭐니 뭐니 해도 오랜 경험이 제일이다. 누군가의 한 마디에 봇물처럼 열 마디가 터지고, 한밤중에 잠에서 깨어 난데없이 골절의 위험을 걱정하는 것이 우리 나이다.

나는 개의치 않고 말을 이었다.

"나는 하나 걸리는 게 있어. 벙커 침대는 견딜 수 있는 최대 무게가 100킬로밖에 안 될걸."

여기에 일동 대폭소. 그 포인트를 걱정한다는 것은 다음 사랑을 할 의욕이 충만하다는 뜻이다. 속내를 적나라하게 들킨 것이다. 두 사람이 눕는다면 아무래도 100킬로는 넘을 것이다.

쉰 가까이나 돼서 협소 주택에 사는 젊은이용 벙커 침대를 고민하다니 삼십 대에는 상상도 못한 일이다.

심지어 이 지점에 와서도 새로운 누군가와의 잠자리를 고려해가며 침대를 선택할 기력이 남아 있으리라고는 더더욱 예상 밖이다. 아니, 나는 아직 정정하다고.

"하지만 남자가 사다리를 올라갔다면 일단 합의는 된

거네."

　오호, 과연 그런 세상이지. 친구들의 날카로운 지적대로 우리는 가해자가 될 수도 있는 세대다. 벙커 침대, 그럴듯하군.

　뫼비우스의 띠를 빙글빙글 도는 듯해도 전보다 조금은 현명해졌겠지. 새로운 만남이 하늘의 별 따기지만 느긋하게 다음을 찾아볼 생각이다.

사이즈는 변하는 거야

브라 톱 하나가 해져서 새로 사기 위해 쇼핑을 나갔다. 검은색을 찾았는데 마침 원하는 제품이 품절이라 어쩔 수 없이 평소보다 한 치수 큰 것을 샀다.

다음엔 팬티를 보았다. 개인적으로 배꼽까지 덮는 타입을 좋아하는데, 엉덩이가 커서 당겨 내려가는 것인지 슬그머니 배꼽이 나오는 문제가 항상 옥에 티다. 하지만 '원래 그런 건가' 하고 생각했다. 그날까지는.

3L와 4L 등 큰 사이즈의 팬티가 싼 가격에 쌓여 있었다. 위에 또 위가 있다는 사실을 알고 나니 대담해진 것인지 팬티도 평소보다 하나 큰 사이즈를 샀다. 웃음이 날 정도로 큼지막하고, 절대로 배꼽이 나오지 않을 것 같았다.

다음 날 아침, 평소보다 한 사이즈 큰 이 제품을 착용하고 옷을 입었다. 그리고 깜짝 놀랐다. 엉덩이도, 가슴도 평소보다 훨씬 편안하다. 브라 톱을 입으면 가슴이 옆으로 눌리는 경우가 다반사인데, 세상에나 봉긋한 가슴 곡선이 그대로 유지되었다. 브라 톱이 문제가 아니라, 사이즈가 맞지 않았구나.

그런가 하면 또 다른 날에는 슈 피터shoe fitter에게 전문적인 도움을 받고서 나에게 맞는 구두의 사이즈가 평소 신는 것보다 1.5센티나 작다는 사실을 알게 되었다. 그래서 삐끗삐끗 착화감이 좋지 않았던 것이다. 힐이 잘 맞지 않는 타입이라 생각했는데 이것 역시 사이즈가 잘못되었던 것이다!

진짜 편안한 사이즈가 하나 위거나 아래였다니 전혀 생각지도 못했다. 무의식적으로 '나는 이것'이라는 고정관념에 사로잡혀 있었던 것이다. 언제 이런 개념이 정해진 걸까?

매일이 선택의 연속이다. 그러나 선택의 기준은 의외로 잘 갱신되지 않는다. 중년이 되면 작은 선택조차 뇌에 얼마간 부담이 되므로 좀처럼 표준을 되돌아보지 않는다.

그러나 한번 각성해서 단정적인 감정을 쇄신해보자. 깊이 생각하지 않고 한 치수 위나 아래를 시도해보면 의외로 새로운 '저스트 피트'를 발견할 수도 있다.

늘 정해진 이러저러한 불편을 느끼면서 '원래 이런 것이겠지' 하고 생각했던 것들을 새삼 돌아보는 것이다. 새로운 기준을 발견하기 위해 시행착오를 시작할 타이밍이다. 나만의 '딱 좋아'를 재발견하고 인정하는 것은 자기 수용의 갱신이기도 하다.

문제는 새로운 '저스트 사이즈'를 발견하는 데 나름의 부담이 있다. 이번엔 '뇌'가 아니라 '마음'이지만… 선택의 실패로 죽지는 않겠지만 예컨대 앞머리를 너무 짧게 잘랐다든지, 평소 안 입는 무늬의 원피스를 샀더니 역시 어색하다든지, 이런 일이 쌓이다 보면 '이불 킥' 하는 상처를 받을 수 있다. 그러나 회피책은 없으며 뒷걸음치지 않고 시도해보는 것 외에는 방법이 없다.

예를 들면 점심 메뉴, 사는 동네, 옷이나 화장품 등. '나는 이 정도가 맞다'고 반쯤 타성적으로 판단하던 것을 귀찮아하지 않고 바꿔본다. 이로써 사방이 막힌 듯한 찜찜함이 걷히고, 자기 긍정감이 높아지는 경험을 할 수도 있다.

이를 허영으로 비하해 진정한 편안함을 느껴보지 못한

다면 대단히 안타까운 일이다. '아닌 것 같은데' 하는 생각
이 들면 원점으로 다시 돌아가면 그만이다.

속옷만이 아니라 여러 방면에서 나의 '저스트 피트'는 늘
변한다. 그것을 이번 속옷 경험을 통해 크게 깨달았다.

그러고 보니 나는 지난해와 올해 핑크색 스웨터를 장만
했다. 10년 전이라면 절대 있을 수 없는 일이다. 10년 전
이미 핑크와 화해는 했지만, 그렇다고 스웨터라니 낯간지
러워서 엄두도 내지 못했다. 그런데 지금은 웬일인지 얼굴
도 기분도 딱 맞아서 놀랍다.

자주 쓰는 손 비누를 큰맘 먹고 해외 고가 제품인 이솝,
조 말론 런던으로 바꿨는데 사용할 때마다 기분이 좋다.

마지막에는 누군가가 내 관의 저스트 사이즈를 고를 것
이다. 그때까지는 주체적으로 계속 자기 갱신을 이어나가
야 한다.

왜 팬티를 밖에 널지 못하니

일반적으로 장마는 6월이라 생각하지만, 내가 사는 관동 지방에선 대개 7월 중순경이 시작이라 7월도 장마철이다.

쏴아 쏴아, 부슬부슬 내렸다 멈추기를 반복한다. 이런 변덕은 달갑지 않지만 이것도 세상에 필요한 일이겠거니 체념하는 수밖에 없다.

다만 심각한 문제는 세탁이다. 휴일에 날이 갠다는 보장이 없으니 지금의 아파트로 이사하기 전까지는 세탁물을 욕실 건조일본의 욕실은 일반적으로 화장실과 분리되어 있고 건조 기능이 있어서 간단한 빨래를 말릴 수 있다로 대강 말려야 했다.

2020년 말까지 살던 곳은 양옆으로 초고층 아파트 사이에 슬그머니 끼어 있는 오래된 아파트였다. 1980년대에 준공해 한눈에도 허름한 외관과 옹색한 설비가 드러났다. 아무리 포장해도 '빈티지'라는 말이 나오지 않는 건물이었다.

그래도 나쁜 것만은 아니었다. 눈앞에 큰 공원이 있고, 시야를 가리는 것이 전혀 없었다. 아침에는 기분 좋은 햇살이 쨍하게 들어오고 통풍도 좋았다. 화창한 날에는 빨래를 널면 금세 바싹 말랐다. 이보다 더한 사치가 없다.

그러나 모든 세탁물을 밖에 널 수 없는 말 못 할 고충이 있었다. 예를 들면 팬티, 캐미솔, 브래지어 같은 속옷류.

이전에 살던 집은 2층이라 방범상의 문제로 속옷을 밖에 너는 일은 엄두도 낼 수 없었다. 그 전 집의 경우는 베란다 가림막에 세탁물이 완전히 가려서 문제가 없었다.

사이비 빈티지 아파트는 10층이었다. 베란다가 마침 양 사이드 초고층 아파트의 시야 밖 사각에 있었다. 다시 말해 널 수 있다. 그럼에도 고급 의류 전용 세제로 한데 세탁한 대량의 브래지어를 막상 베란다에 드높이 걸려면 찜찜하다. 맨몸으로 베란다에 서 있는 듯한 기분이 든다.

그렇다면 욕실 건조 기능을 써야 하는데, 이전 집에 비해 위력이 터무니없이 약해 브래지어 10장을 말리는 데 꼬박 하룻밤이 걸린다.

신이시여, 어찌하여 저는 여자인가요. 남자는 팬티를 아무 데나 말리는데 저는 왜 당당하게 내놓고 말리지 못할까요. 법으로 금지된 것도 아닌데 왜 찜찜할까요.

영어로 더티 론드리dirty laundry(더러운 세탁물)라는 말은 '공표되면 수치스러운 개인적인 치부'라는 의미다. 아니 잠깐만, 제 세탁물은 지금 막 깨끗하게 빨았다고요! 그럼에도 눈부신 태양 아래 바람에 살랑살랑하는 자태가 용납되지 않는 것은, 공개되면 수치스러운 치부 같은 느낌이 드는 것은, 다시 말해 나 스스로 선뜻 용납하지 못하는 것은, 전적으로 내가 여자이기 때문이다. 남자로 태어났다면 하고 부러워하는 일은 거의 없지만 이때만큼은 그런 생각이 절실하게 든다. 남자라면 1층에서도 얼마든지 살 수 있지 않나.

어찌겠나, 이른 아침의 햇살을 노려보자 싶어 밤에 세탁해서 베란다에 브래지어를 내걸었다. 돌아가신 엄마가 아셨다면 틀림없이 크게 한숨을 내쉬었을 것이다. 속옷이든 뭐든 해가 떨어지기가 무섭게 마치 귀신이라도 잡으러 오는 양 빨래를 걷어 들이던 사람이다. 그러나 지금은 앞뒤를 가릴 처지가 아니랍니다, 하늘에 계신 어머니. 죄송해요.

아침 일찍 일어나 베란다를 보니 역시 아침 햇살에 눈

부시게 빛나는 브래지어가 더티 론드리 신세인지, 어째서 나는 이런 것조차 당당하지 못한지 소심함에 울화가 솟구쳤다.

속옷을 밖에 너는 것에 수치심을 갖는 것은 사회가 내게 심은 가치관 때문인가? 아니면 내가 나를 아끼기 위해 존중하는 마음인가? 어째서 속옷 말리는 문제 하나로 사회학같이 거창한 생각을 해야 하는지…. 그것은 내가 쪼잔한 사람이기 때문이다. 그러나 이런 쪼잔함이 나의 본성인걸. 아침 햇살을 받으면서 허무한 자문자답이 꼬리를 물고 이어진다. 브래지어 군단을 낚아채듯 서둘러 안으로 들여왔는데 이런, 생각한 것보다 많이 축축했다. 실망.

일요일 오후, 새로 이사 온 집의 건조기가 달린 빌트인 드럼식 세탁기를 돌리면서 이런 잡다한 생각에 빠졌다. 밖은 또 비다. 하지만 괜찮아, 이젠 건조까지 다 해결되니까.

도쿄에서 태어나 도쿄에서 살면서 이번이 다섯 번째 집이다. 그중 두 군데는 남자와 함께 살았지만 이런저런 사정으로 이 나이에 솔로 생활로 돌아왔다.

아, 다시 시작인가!

사뿐히 무릎을 벌리고 가자

평소와 다름없이 지하철을 타고 가다, 자리에 앉아 있는 여성들을 무심히 보며 문득 뭔가가 머리를 쳤다. 무릎을 딱 붙인 여성이 없다!

객실 안을 죽 둘러보니 여기저기 비슷한 느낌이다. 아, 예전과 많이 달라졌구나. 젊은 사람만이 아니라 나와 비슷한 나이대나 그 이상의 여성 중에도 무릎을 딱 붙이고 앉은 이는 없다. 나는 무심코 '그럼 그렇지' 하고 내심 중얼거렸다.

미니스커트를 입은 여성이 없었던 것도 한 이유일 것이다. 미니스커트로 팬티가 그대로 노출되는 것은 에티켓 위반이니.

그러나 속옷이 보이는 것도 아니고 바지나 롱스커트 차림이라면 살짝 무릎을 벌리고 있어도 상관없지 않은가. 오히려 그것이 더 자연스럽다. 몸이 어느새 그리 된다. '이제야 살기 편한 세상이 되었구나' 하고 나는 빙그레 미소 지었다.

유치원 꼬맹이 시절 나는 두 무릎을 딱 붙이고 의자에 앉는 것이 힘들었다. 당시 사진을 보면 하나같이 다리가 벌어져 있다.

엄마는 머리를 싸매며 계속 주의를 주었지만 불가능했다. 한창 재미있는 놀이에 몰입하면 무릎이 슬그머니 떨어지고 말았다. 그래서 어릴 때는 내내 바지만 입었다.

항상 무릎을 벌리고 앉아 있는 내게 T 군의 어머니가 웃으며 이런 말을 했다. "이런, 이러면 시집을 못 가요." 동심에 상처를 받은 동시에, 왜 무릎을 붙이고 앉아야 시집갈 수 있는지 이해되지 않아 혼란스러웠다.

T 군 어머니의 예언대로 나는 아직 시집을 가지 못했다. 아니, 그런데 '시집간다'는 어감도 요즘 시대에 적절한 것일까.

미혼으로 반세기 가까이 살아온 보람이 있어 이제는 '시집을 못 간다'와 '무릎이 벌어져 있다'

사이에 놓인 어두운 심연의 정체를 들여다볼 수 있게 되었다. 무릎이 벌어진다는 것은 '정조 관념'이나 '여성스러움이 결여되었다'의 진부한 상징이다. 무릎을 딱 붙이는 것이 표상하는 정조 관념이란 말하자면 행실이 바른 인물이라는 의미다.

무릎을 붙이고 있으면 청순하다? 시집갈 수 있다? 어처구니없어. 얌전하지 않으면 시집을 못 간다는 시대도 지났건만 형해화된 개념은 여전히 집요하게 남아 있다. 여자의 두 다리의 간격을 어떻게 할지 당사자가 아니라 사회가 일방적으로 결정하는 무서운 행태.

이제는 살짝 무릎이 떨어진 여성을 전철에서 발견할 수 있게 되었다. 변화는 딸각하고 스위치를 켜듯 일순간에 찾아오는 것이 아니라, 암흑에서 태양이 떠오르는 새벽처럼 스며들어 나타난다. 무릎이 벌어진 여성의 출현은 여성의 자립이 조금은 성숙했다는 증거라고 나는 진지하게 생각한다.

물론 여전히 무릎이 떨어져 있든 붙어 있든 '여성'이라는 속성만으로 깔보고 달려드는 사람이 있다. 위압감을 주는 강한 여성을 표방하는 것은 아니지만, 그렇다고 순종적이고 고분고분한 여성으로도 절대 인식되고 싶지 않다.

기가 죽는 날에는 그룹 하트의 '바라쿠다Barracuda'를 듣고 심박수를 높여보자. 중요한 프레젠테이션을 앞둔 날에도 추천.

파워풀한 하이 톤 보이스의 언니 앤과 근사한 기타 연주를 담당한 동생 낸시가 주축이 된 록 밴드 하트는 데뷔 당시 소속 레이블이 '자매가 서로 사랑하는 레즈비언'임을 암시하는 광고를 내기도 했다. 물론 중상모략이다. 실력이 아니라 성적으로 센세이셔널한 뉴스를 만들어 팔아보려는 속셈이었다. 말도 안 되는 사기다.

이를 안 두 사람이 만든 곡이 '바라쿠다'이다. 레이블의 교활한 담당자들을 괴어怪魚 바라쿠다에 비유해 강력하게 항의했다.

전철 안에서 살포시 무릎을 벌리고 앉은 여성을 볼 때마다 평온한 공기와는 상반된 이 노래가 머릿속에 울린다. 우리는 두 다리 사이에 날카로운 이빨을 가진 괴어를 키우고 있다고.

다리를 벌리고 앉는 것은 정조 관념의 결여도 뭣도 아니며, 단지 내전근의 근력 부족일 뿐이다. 일단 이것은 또 다른 의미에서 현대인이 안고 있는 문제이긴 하다. 다른 것은 제쳐두고 우선은 근력 운동이다.

행복하지 않다고 불행한 것도 아냐!

이십 대엔 뭔가 재미있겠다 싶은 이벤트, 예를 들면 친구의 친구(즉 모르는 사람) 집에서 열리는 홈 파티나, 새로운 클럽의 오픈, 소문난 레스토랑에서 별미를 먹어볼 기회가 있으면 다소 무리를 해서 참석했다. 아니 꽤 무리를 해서도 갔다. 기대만큼 재미있지 않아도(대개는 그랬다) 기회만 있으면 지치지 않고 찾아다녔다.

'이날만의 특별한 재미를 나만 모를 수 없지'라는 일종의 강박에 사로잡혀 있었다. 확실하지 않은, 말하자면 '즐거울지도 모르는' 시간을 놓치는 것이 두려웠다. 스스로에 대해 자신이 없었던 것이다.

유감스럽게도 지금은 이벤트를 찾아다닐 기력이 사라졌

다. 그때와 달리 확실한 재미가 보장되는 곳이 아니면 발길을 하지 않는다. 엉덩이가 배로 무겁고 몸이 움직여지지 않는다. 그리고 무엇보다 무리하는 것이 불가능하다.

당장 이 순간의 '귀차니즘'이 몇 시간 후의 재미를 이기는 것이 사십 대다. 이렇게 호기심이 고갈되는 건가, 서글픈 마음도 있지만 반쯤 포기했다.

얼마 전에는 이런 일이 있었다. "피곤해 보이시는데 괜찮으세요?" 하고 함께 일하던 스태프가 걱정스레 물었다. 사실 피곤한 이유는 아침까지 해외 드라마를 시청했기 때문이다.

"아니, 그게 너무 재밌었지 뭐야…"라며 안심시키기 위해 시답지 않은 이야기를 주저리주저리 늘어놓았다. 그는 다행이라는 듯 미소를 지었지만 반대로 나는 찜찜함을 떨칠 수 없었다. 그렇게 많이 피곤해 보이나?

이십 대에는 피곤해 보인다는 말이 송곳처럼 파고들지 않았다. 오히려 일부러 티를 슬며시 내기도 했다. '밤을 새워서 볼 만큼 재미있는 해외 드라마가 있는데' 하며 특별한 재미를 알고 있다는 듯 의기양양 밝힐 정도였다. 그때는 '재미있는 시간을 보냈어'라고 티를 내는 것이 행복했기 때문이다. 재미있는 세상에서 소외된 사람처럼 보이는 것이 가장 두려웠다.

지금도 물론 재미있는 일은 좋다. 그러나 재미를 타인에게까지 선전하는 일이 이십 대 때보다 행복하지 않다. 즐거운 것은 혼자 즐기면 충분하다.

이십 대엔 남의 눈에 '즐거운 듯' 보이고 싶었다. 사십 대인 지금은 '늘 건강하게' 보이고 싶다. 나만 그런지 모르겠지만 나이를 먹으면서 타인에게 인식되고 싶은 모습도 변한다.

사십 대와 이십 대의 결정적 차이를 말하자면 지금은 특히 생활에 치여 사는 듯한 인상이 아니었으면 좋겠다. '인생을 제대로 즐기는 것'처럼 보이고 싶다는 의미에서 결과적으로는 비슷할까?

그렇다면 삼십 대는 어땠을까. 그 시절을 반추하다 가장 외면하고 싶은 대답이 강하게 머리를 쳤다. 맞아, 삼십 대의 나는 '행복하다'는 인상을 주고 싶어 안달이었다. 불행해 보이는 것이 무엇보다 두려웠다.

행복해 보이기 위해 절대적으로 필요하다고 판단한 것이 결혼이었다. 결혼만 하면 모든 것이 오케이, 모두에게 행복을 인정받고 자동으로 인생의 목표에 도달하는 것인 양 생각했다. 사람들에게 어떻게 보이는가가 아니라 나 자신의 생각이 삶에 가장 중요한 문제인데 말이다.

돌이켜보면 그때 누군가의 아내가 될 준비가 전혀 되어 있지 않았다. 지금도 굳이 말하자면 마찬가지다. 해를 거듭할수록 더 멀어진다.

하지만 결혼하지 않겠다는 생각이 확고한 것은 아니다. 할지도 모르고, 하지 않을지도 모른다. 이렇게 말하면서 결국 이 상태로 무덤까지 갈 것 같은 예감이 강하게 들지만, 그렇다고 사랑에 지친 것은 아니다.

평범함을 거부하는 여자의 헤어스타일

나보다 몇 살 위인 지인을 오랜만에 만났다. 조금 늦게 나타난 그녀의 복장이 예사롭지 않다. 새빨간 파카에 검정 터틀넥 스웨터, 목에 진주 목걸이를 했다. 아래는 흰 바지에 흰색 스니커즈의 조합.

중년 여성이 좀처럼 시도하기 힘든 캐주얼 계열의 세련된 스타일링이다. 하나하나 싸구려라면 좀처럼 분위기를 내기도 힘든 차림이다. 그보다 우선은 체형이 망가졌다면 언감생심이다.

도대체 언제 운동을 하는 거지? 나로서는 엄두도 나지 않는 업무량을 척척 해치우면서도 항상 멋쟁이에 섹시하고, 머릿결도 찰랑찰랑 깔끔하다. 무엇보다 나보다 나이도 많은데!

한동안 못 만난 사이 결혼했다는 말을 들었는데 새삼 무슨 일인지. 번듯하게 일을 해내면서 애인도 있어서 독신 생활을 충분히 즐기는 것처럼 보였는데…. 오십이 눈앞에 닥치면 슬슬 안정을 찾고 싶은 마음이 드는 걸까.

그녀의 말로는 다섯 살 연하의 애인이 어느 날 갑자기 결혼을 말하길래 8년간의 교제를 원만하게 끝냈다고 한다. 오 마이 갓. 지금의 새 파트너와는 세 번째 데이트에서 프러포즈를 받고 '그것도 괜찮겠다'는 생각이 들어 결혼을 결정했다고 한다. 오 마이 갓! 롤러코스터가 두 번이나 출렁이는 스토리다.

거침없는 가벼운 행보에 동경심이 절로 솟았다. 일말의 질투심마저 차올랐다.

인생에서 벌어지는 예상 밖의 드라마를 한껏 즐기고 있지 않은가. 재미있어 보이는 방향으로 주저하지 않고 방향을 틀기 위해서는 '무슨 일이 생겨도 문제없다'는 담대한 믿음이 있어야 한다. 그녀는 이것을 가진 것이다.

남편은 재혼이라고 하며, 교제 초기에는 경제적으로 불안정한 상태였던 모양이다. 그럼에도 난관을 뛰어넘을 수 있었던 것은 일에서 얻은 자신감이 바탕에 있었기 때문일 것이다. 내 앞가림은 얼마든 할 수 있다. 그리고 한 사람 정도야 어떻게든 되겠지.

남편은 현재 해외에서 일하고 있어서 매일 밤 온라인으로 대화를 나누는 것이 즐거움이라고 한다. 이것도 참 요즘 시류이다. "온라인 결혼 생활이야" 하고 유쾌하게 웃는 그녀의 얼굴이 한없이 밝다. '보통은'이라든지 '상식적으로'라는 말이 유달리 그녀 앞에선 하찮게 느껴진다.

대개 중년 여성의 표정과 태도에는 미혹과 불안에서 오는 망설임이 동반되는 경우가 많다. 나이를 먹을수록 미혹과 불안이 커지기 때문이다. 심지어 십중팔구 남에게 좀처럼 말하기 힘든 그런 일들이다.

그녀에게선 바람이 느껴진다. 바람이 꼭 부드럽지는 않다. 해수의 흐름처럼 강력하다.

나는 그런 바람을 자유롭게 탈 수 있을까. 유쾌한 해프닝에 주저 없이 몸을 내던질 수 있을까. 정해진 틀에 나 자신을 얽매고 있는 건 아닐까.

현실적으로 아직은 많은 편견과 선입관에 사로잡혀 있다. '보통'의 상황이 아무런 보장도 해주지 않는데 말이다.

머릿속으로 이런 생각을 하면서 넋 놓고 그녀를 보고 있었다. 문득 세미롱의 아름다운 머리가 살짝 들려서, 귀밑에서 관자놀이 부근까지 바짝 깎인 것이 눈에 들어왔다. 드디어 만났다! 투 블록을 한 여성!

평범함이 성에 차지 않는 여성들의 헤어스타일. 반골의 증거라는 표현은 과하겠지만, 뭔가 나만의 인생을 살겠다는 강한 의지가 전해진다.

위쪽 머리카락을 내리면 짧게 친 머리가 보이지 않는 것이 포인트다. 언뜻 사회에 잘 적응하는 듯 보이지만, 당신이 생각하는 것처럼 순종적이지 않다는 내면의 조용한 메시지. 이것이 여성의 은밀한 투 블록이다.

이렇게 말하는 나도 그중 한 사람. 그녀를 향해 머리를 들어 올려 반삭한 모습을 보여주었다. 오호, 동지!

물론 행동이 뒷받침된 그녀에 비하면 나의 투 블록은 단순한 '폼'에 불과하다. 예측하기 힘든 난관도 회피하지 않고, 나잇값 못한다는 세상의 눈초리를 겁내지 않으며, 즐거운 방향으로 적극적으로 움직여 스스로 삶을 행복하게 만들어야 한다.

불행한 곳에 자신을 방치하지 않는다. 스스로 선택한 것을 책임진다. 어른의 책무는 딱 이 두 가지다.

나쁜 남자와 여자, 그 우정의 상관관계

넷플릭스나 아마존 프라임 등에서 내가 주로 시청하는 작품은 여성들의 우정물이다. 기본적으로 심각한 스토리는 피하고, 가볍게 웃다 울다 할 수 있는 작품을 고른다. 일로 솜뭉치가 된 몸으로 귀가해 침울한 분위기는 사양하고 싶다.

얼마 전엔 네 여성의 우정을 그린 〈사랑을 기다리며 Waiting to Exhale〉를 보았다. 지금은 고인이 된 휘트니 휴스턴 주연의 영화다. 타이틀과도 같은 동명의 발라드 주제가는 지금 들어도 가슴을 울리는 명곡이다. 휘트니가 더 이상 이 세상에 없다니….

등장하는 여성은 싱글, 이혼, 불륜, 바람둥이 남편 등으로 바람 잘 날이 없다. 하나같이 각자의 애정 문제를 안고 있다. 좋지 않은 일이 터지면 모여서 시름을 푼다. 친구 누군가가 곤경에 빠졌다는 얘기를 들으면 바로 전화해서 달려간다. 마치 조금 전 나랑 내 친구들 같다. 지금 시절엔 줌으로 화상 수다를 하는 형태지만.

〈섹스 앤 더 시티〉를 비롯해 여성의 우정을 다룬 작품에는 거의 공통으로 나쁜 남자가 단골 인물로 등장한다.

영화의 나쁜 남자는 사기꾼이나 바람둥이만이 아니다. 어디에나 있을 법한 평범한 남자가 제멋대로 행동해서 깊은 상처를 주거나 실망시킨다.

그쪽은 또 나름의 주장이 있겠지만 '그래도 좀⋯ 심하다'며 절로 한숨이 터지는 사건이 드라마나 영화의 주요 플롯이다.

역경이 닥치면 애정 문제로 고민하는 친구를 위로하고, 때로는 질타하며, 어깨를 두드려주기도 한다. 사건이 일어날 때마다 '이제 연애는 지긋지긋하고 믿을 수 있는 사람은 너희 친구들뿐!'이라며 친목을 다진다. 나쁜 남자가 없으면 여자들의 우정은 없는 걸까, 하는 생각이 들 정도로 영화나 드라마의 나쁜 남자는 여성의 우정에 절묘하게 작용한다.

이런 유의 영화를 몇 편 보다가 깨달은 것이 있다. 현실에서도 '친구가 최고!'라고 목소리를 높이는 우리 같은 부류의 이성애자에게 남자 문제가 더 빈번하다는 사실을. 이런….

물론 일이나 가족 등의 고민에도 진심 어린 위로를 주고받는다. 그러나 결속이 굳건해지는 것은 압도적으로 이성 문제가 터졌을 때다.

영화나 드라마와 마찬가지로 현실의 우리에게도 놀라울 정도로 유사한 문제가 벌어진다. '왜 몰라주는 거야?' 하는 식의 갈등이다.

그런 일이 일어날 때마다 '맞아! 맞아!' 하고 들끓고, 공통의 가상의 적이 생긴 듯한 분위기가 조성된다. 그런데 잘 생각해보면 이게 건전하지 않다. 단순하게 의존 상대를 바꾸는 것이 아닌가 싶다.

"동성 친구에게 그렇게까지 의지하지 않아요"라고 말하는 여성을 보면 한편으론 자립심이 있고 멋있다. 나는 친구들이 없다면 절대적으로 힘들다.

내 주변으로 한정해서 보면 친구에게 의존하지 않는 이들은 대개 일찍 결혼해서 행복한 생활을 하는 부류이다. 즉 인생에서 나쁜 남자에게 빠진 경험이 없다.

그렇다면 나와 유쾌한 친구들은 늘 나쁜 남자에게 걸려든 것일까? 아니다. 꼭 그렇다고만은 할 수 없다. 오히려 이쪽이 상대에게 집착한다든지, 기대치가 너무 높았을 가능성도 있다. 즉 다른 여성과 사귀었다면 그 사람은 '나쁜 남자'가 아니었을지도 모른다.

그러고 보니 나와 사귀던 옛 남자들은 대부분 결혼했다. 어쩌면 내가 나쁜 여자였을까? 휘트니도 나쁜 남자 보비 브라운과 결혼한 뒤 내리막길이 되었다는 말이 있었지만, 사후 제작된 다큐멘터리를 보면 꼭 그렇게 단정 짓기 어려운 측면도 있다. 이후 보비는 재혼해서 행복하게 살고 있다.

아니, 아니, 이런 우울한 생각은 집어치우자. 사랑에 빠지고 헤어질 때마다 우정이 깊어지는 자작극 연출, 뭐 나름 나쁘지 않은 듯. 영화가 될 정도니 세상에 이런 여성이 많다는 것이겠지. 한편 그렇게 생각하면 마음이 든든해지기도 한다.

하고 싶은지, 하고 싶지 않은지
선택은 딱 두 가지

'가면 증후군'이라는 말이 있다. 성공한 결과에 대해 실력으로 얻은 당연한 결과라는 사실을 받아들이지 않는 현상을 말한다.

칭찬을 받아도, 승진을 해도, 어떤 상을 받아도 어쩌다 운이 좋았기 때문이라거나 본인에게는 과분하다는 식으로 생각한다. 설령 실력이 있어 나온 결과라는 데이터가 눈앞에 있어도 여전히 자기평가가 인색하다.

사실 세상이 한 사람의 힘으로 이뤄지는 것은 아니다. 팀으로 위업을 달성했을 때는 고군분투했을 때보다 기쁨이 훨씬 크다. 여기에 더해 항상 주위 사람을 배려하는 것은 미덕이다.

하지만 문제는 가면 증후군에 흔히 빠지는 부류가 주로 여성과 비주류 집단이라는 점이다.

수년 전 오랜 친구에게 책을 써볼 것을 권했다. 그녀는 취미로 30년에 걸쳐 아카데미 시상식을 보면서 독자적으로 수상 예측을 해왔다. 전체 24개 부문 중에서 21개 부문을 맞힐 때도 있어서 꽤 적중률이 높았다.

그녀가 말하는 수상의 법칙이나 에피소드가 꽤나 재미있어서 책으로 엮어 내면 틀림없이 많은 사람이 좋아할 듯했다.

그러나 그녀의 대답은 '이런 법칙은 영화를 좋아하는 사람이라면 누구나 알고 있어', '이걸 재밌어하는 사람은 그렇게 많지 않을 거야'라며 냉랭했다.

'내 주제에', '이런 정도로', '고작' 등의 말을 사용하는 사람은 내 주위에서 여자들뿐이다. 반면 남자 지인에게 '당신은 이런 것에 특출하니 이렇게 한번 해보면 어때?'라고 추천했을 때 '내가 무슨'이라는 반응을 보인 경우는 거의 없었다.

물을 만난 물고기처럼 아이디어를 줄줄이 낸다든지, 아예 흥미가 없으면 분명하게 의사를 밝힌다. 이 차이가 가면 증후군의 유무다.

나는 많은 여성 친구와 동료에게 그동안 다양한 추천을 했다. 그러나 '그게 아니라 이쪽을 해보고 싶어'라고 대답한 사람은 딱 한 명뿐이었다.

　이게 꽤 복잡한 문제다. 여성은 소극적이어야 좋다는 인식이 사회에 공공연하다 보니 결과적으로 성공에 대한 기대와 믿음이 낮을 뿐 아니라, 장래의 가능성에 대해서도 부정적이기 때문이다. 분명하게 노No라고 말하지 못하는 것도 확실히 문제다.

　일반적으로 두루 세심하게 배려하는 소극적인 조력자 역할은 어디서나 환영받는다. 그러나 여성들의 능력은 비단 이것만이 아니다.

　사회적으로 주목받는 역할에서 벗어나 있다고 해서 부당한 처우를 받는 것은 불합리하지만, 또 한편으로 역할이 노력 없이 저절로 굴러오는 것도 아니라는 점을 잊어서는 안 된다. 몸에 밴 노예근성을 없애는 주체자는 그 누구도 아닌 자기 자신이어야 한다.

　가능한가 아닌가가 아니라, 하고 싶은가 하고 싶지 않은가이다.

　이 지점을 애매하게 하면 주변 사람들은 호감을 보일지 모르나, 당신에게 호감을 가진 사람이 꼭 행복하게 해주는 것은 아니다.

아, 참고로 앞에서 말한 친구의 책은 무사히 출판되어 중쇄까지 나왔다. 그러니까 자기평가를 확신하지 말자.

과거의 나에게 가르쳐주고 싶은
꿈을 이루는 방법

다소 불손하지만 중요한 이야기다.

칼럼이나 에세이를 쓰고, 라디오 진행을 하는 덕분에 평범한 회사원이라면 몰랐을 경험을 하게 되는 기회가 많다.

일면식도 없는 분들로부터 팬레터를 받다니 엄청나게 인기 있었던 사람이 아니라면 보통은 경험하기 어려운 일이다. 기쁘다. 힘을 얻고 있으며, 시간을 할애해주시는 것도 그저 감사할 따름이다.

그 외에도 여러 가지가 있는데, 만나보고 싶은 분을 대면할 기회가 생긴다든지, 보고 싶은 영화를 공개 전에 시사로 감상할 수 있다든지, 말하자면 융숭한 호의에 몸 둘 바를 모르는 일도 있다. 패스트 패스를 여러 곳에서 제공받는 느낌. 세상에서는 이것을 특권이라 부를 것이다.

　이런 일이 일어나는 데는 몇 가지 이유가 있다. 우선 제인 수라는 사람에게 호의를 가지고 꼭 알아주었으면 하는 자신의 콘텐츠나 상품을 보내는 경우. 또 하나는 제인 수에게 가치를 느낀 사람이 광고나 판촉에 나를 이용할 수 있다고 생각한 경우다. 어느 쪽이든 업무 차원으로 발주한다든지 '마음에 드시면 소개해주세요'라고 부탁한다.

　내가 지금 받는 호의는 잠깐뿐이다. 내가 회사원이던 시절을 돌이켜보면 뻔히 알 수 있다. 실적이나 거래가 없으면 슬그머니 꼬리를 감춘다. 호의와 다른 성격의 인연은 운이 좋으면 지속되기도 한다.

　앞의 얘기와 조금 다른 방향이지만 '꿈을 이루다'라는 것에 대해 말하자면 2년 정도 전부터인가 저자 사인회에서 "언젠가 제인 수 님과 함께 일하는 것이 꿈입니다"라고 말씀하시는 분들을 만나곤 한다. 그러면 나는 '저와 다른 분야에서 재능을 발휘하시는 길이 가장 빠를 거예요'라고 다소 생뚱맞은 대답을 한다.

　내가 회사원이던 시절, 꿈을 이루는 방법에 대해 아무도 가르쳐준 사람이 없었다. 그저 열심히 노력하는 것밖에 그려지는 것이 없었다.

꿈 자체가 막연하기도 했지만, 그리 특별한 사람도 아니어서 분에 넘치는 꿈을 꾼들 이루어질 리 만무하다고 생각했다.

'특별한 사람도 아니다'라는 표현이 돌이켜보면 성장의 족쇄에 다름 아니었다.

분명 기회나 호의는 '특별한 사람'에게 더 많이 찾아온다. 하지만 특별한 사람인지 아닌지는 남이 멋대로 결정하는 것이었다. 이런 사실을 전혀 알지 못했다. '이 정도면 충분해!'라고 자부해도 주위에선 전혀 아랑곳하지 않는 경우가 허다했다. 그러면 노력이 부족했었나 생각했지만, 꼭 그런 것도 아니었다.

그 반대도 마찬가지다. 자신은 전혀 만족하지 못하는데도 가마에 태워 큰길가로 끌려 나가는 때도 있다. 나의 경우 계속 가마를 탈지 내릴지는 기분에 따라 결정한다. 싫다는 생각이 들면 바로 내린다.

그러므로 '특별한 사람이 되겠다'고 목표를 정하면 길을 잃을 수 있다. 그저 어느 날 문득 우편함을 열어보고 깨닫는다. 뭔가 '특별한 사람' 앞으로 우편물이 늘었구나, 하게 된다. '특별한 사람'의 이름표는 제멋대로 사람들이 붙이는 것이다.

또 한 가지 10년 전에는 알지 못한 법칙이 있다. 꿈을 이루려고 무턱대고 정면으로 돌진하기보다 특출한 장기를 찾아 두각을 보이면 저절로 세상에 이름이 퍼지면서 만나고 싶은 사람을 볼 수 있게 되고, 하고 싶은 일이 이뤄지며, 꿈이 실현된다. 이때도 반드시 기억해야 할 것은 자신이 무엇에 재능이 있는지도 남이 멋대로 결정한다는 것이다. 좋아하는 것과 재능이 있는 것은 다를 수 있다.

세상이 이런 구조였다니. 인사이동 지원서를 뻔질나게 제출해도 한 번도 희망 부서에 가보지 못한 채 직장 생활을 마친, 예전의 나에게 알려주고 싶다. 희망 부서에서 일하고 싶다면 다른 부서에서 두각을 보이는 방법이 있다고.

꿈이 있다면 냉혹하리만치 자신을 객관적으로 평가해줄 곳을 찾아 그곳에서 '특기'라고 알려준 재능을 계속 발전시킨다. 기왕 노력을 한다면 그쪽이 훨씬 수월하다.

2

자신에게
친절하길

'사십 대가 되면 일도 안정된다'는
말은 환상이다

중요한 것이라 강조해 말하는데 '사십 대가 되면 일도 안정된다'는 말은 환상이다. 지금 숨 가쁘게 일하는 삼십 대여, 사십 대엔 더 바빠질 것이다.

나는 지금도 종이 스케줄러를 사용하고 있다. 이렇게 디지털화된 세상에서 구글 캘린더로 모든 것이 해결되지만 여전히 일정을 펜으로 종이에 적지 않으면 직성이 풀리지 않는다.

지난 10년간 매달 일정이 한눈에 들어오는 달력 타입을 사용했다. 탁상 캘린더로도 활용할 수 있는 B6 사이즈를 애용했는데, 점점 작은 칸에 일정(대개 마감 등 즐겁지 않은 것)이 넘쳐서 2015년 말부터 새 다이어리를 찾았다. 나이도 있으니 수첩은 좋은 것을 사용하고 싶고, 잘 활용하고 싶다. 그런데 달력 타입은 선택지가 너무 빈약하다. B6 이상은 더더욱 온라인에서도 손에 꼽을 정도다.

무인양품, 롤번, 몰스킨, 로이텀…. 매년 많은 수첩을 시험한 결과 고쿠요 캠퍼스의 A5 다이어리에 정착했다. 행복의 파랑새는 가까이 있다더니 이 나이에 고쿠요다. 그냥 내놓으면 중학생 학용품 느낌이라 천 커버를 씌웠다.

일기 대신으로 지난 스케줄러를 모두 모아두었다. 지금 다시 보면 연초에는 어김없이 펜 색깔까지 골라가며 글씨도 정성 들여 반듯반듯하게 썼다. 완수한 업무에는 스탬프까지 붙이는 성의도 있었다.

그러다 여름 이후부터는 휘갈겨 쓴 글씨와 잘못 쓴 내용을 대충 펜으로 쭉쭉 지우는 등 어수선하기 짝이 없다. 딱히 원인을 찾을 것도 없이 이것이 바로 나의 본성이다.

이렇게 쫓기며 사는데도 사십 대에 들어서면서부터는 대출금의 이자만 변제하고 원금을 전혀 줄이지 못하는 일만 몇 년째 계속하고 있다. 일이 있는 것은 감사하지만 나이를 먹어가면서 체력도 떨어지므로 바빠지면 부담이 그 이상으로 크다.

예전 스케줄러를 넘겨볼 때마다 한숨이 터지

는 또 다른 이유는 일상의 소소한 기억이 전혀 없기 때문이다. 나는 무엇에 기뻐하고, 슬퍼하고, 웃었을까. 휴우…. 다시 깊은 탄식. 이때 팔랑 떨어지는 것이 있어 보니 2016년 신년에 뽑은 메이지 신궁의 부적이다.

메이지 신궁 부적은 '대길'이나 '흉'이 아니라 그해 1년을 어떻게 보내야 하는지 내용이 적혀 있다. 그해엔 '아무리 바빠도 마음을 항상 평정하고 여유롭게 가질 것'이었다.

그렇다. 이 부적을 보고 올해는 수첩만큼은 정성 들여 쓰자고 마음먹었다. 그리고 2017년 목표를 '지속력을 키우자'로 정했다.

그랬음에도 역시나 흐지부지된 것에 낙담해 2018년엔 본 영화와 읽은 책을 제목만이라도 적기로 했다. 꽤 성과가 있어서 2019년에도 했고…. 2020년 다이어리도 쓱 펼쳐 보았더니 맙소사! 5월 이후로 뚝 끊겼다.

6월부터 정신없이 바빴던 모양이지. 할 수 없다. 자녀 뒤치다꺼리, 부모 간병, 본인의 지병 치료 등 제각각의 이유로 눈코 뜰 새 없는 것이 중년이다.

생각지도 못한 중대사가 어이없이 터지는 게 인생이라며 각오를 다져야 한다. 스케줄러의 펼침 페이지마다 완료한 업무 내용 옆에 체크 마크가 빼곡하다. 예전이라면 뿌듯한 성취감을 느꼈을 것이다. 하지만 지금은….

야무지게 해내는 수준까지는 아니라도, 정신은 좀 차리며 살고 싶다. 해야 할 일에 쫓기지 않고 뒤죽박죽이 아닌 하루하루를 간절히 소망한다.

어디서 불로소득의 씨가 떨어지지 않을까 기도하며 메일을 열어보니 '불로소득 TV'라는 스팸 메일이 와 있다. "일이나 집안일을 하는 동안에도, 잠자는 동안에도 당신을 대신해 24시간 저절로 돌아간다! 5만 엔, 10만 엔, 15만 엔 착착 이자가 붙어 어느새 3000만 엔이 내 손안에 들어온다!"

생각하는 것은 모두 똑같군. 다시 말해 정신 차리고 어서 일을 하는 수밖에 없다는 얘기.

오늘의 연습

아름다운 손 글씨가 좋다. 이 경우 '아름답다'는 것은 이른 바 미적인 펜 습자만이 아니라 균형 잡힌 개성 있는 글씨도 포함된다.

글자 크기가 쭉 고르고, 마치 가이드라인에 맞춘 듯 정연한 손 글씨. 조형적으로 아름다워서 내용이 머리에 들어오지 않을 때도 있다. '썼다'기보다 '그렸다'는 표현이 어울릴 정도로 아름다운 밸런스에 그만 넋을 잃고 만다.

이런 글씨를 쓰는 사람은 일반적으로 그림 실력도 뛰어나다. 나는 손 글씨와 손 그림이 정말 좋다.

학창 시절 반에 이런 친구가 한둘은 있었다. 샤프펜슬과 빨강 볼펜만 가지고도 노트 필기가 한눈에 쏙 들어온다. 완전히 동경의 대상이었다. 이것은 재능이다. 노력으로, 후천적으로 가능한 능력이 아니다.

나의 필기로 말하자면 검정 펜 하나로 삐뚤빼뚤 빽빽하게 쓰거나, 아니면 갖가지 색깔의 마커와 볼펜을 총동원해 눈이 아플 정도로 중구난방이었다. 사각을 똑바른 사각으로, 동그라미를 둥글게 그리지 못한다. 그림에 대한 소질도, 배치하는 센스도 없으니 어쩔 수 없다.

광고대행사 하쿠호도의 전 제작부장 다카하시 노부유키 씨는 《기획서는 손 글씨로 딱 1장》 등 몇 권의 경영서를 펴낸 저자이기도 하다. 그 책에는 손 글씨와 그림이 풍부하게 들어 있는데 하나같이 가지런해 볼 때마다 아드레날린이 샘솟는다.

한눈에 쏙쏙 들어오는 일러스트의 위력은 대단하다. '정갈하고 깔끔해~'라는 감탄을 하기 위해 그의 책을 소장한다고 해도 과언이 아니다. 보는 것만으로 마음까지 단정해진다. '아, 행복해.'

록 밴드 노나 리브스의 멤버 니시데라 고타 씨가 출간한 손 글씨 노트 책 《통하는 노트 매직》도 '정말 최고'라는 말이 절로 나올 정도로 잘 정리되어 있다.

그러나 안타깝게도 나의 이런 취향이 잘 통하

지가 않는다. '아, 이런 거 말야?' 하고 보여주는 것들이 단순히 예쁘기만 한 아름다운 펜 습자이거나, 카페 앞 보드에 분필로 그린 일러스트거나, 마스킹 테이프로 장식한 스케줄러이다.

아냐, 그런 게 아냐. 내가 원하는 건 균형이 잘 잡힌 글자와 실용적인 손 그림이야.

인터넷에도 내가 원하는 손 글씨 글자나 그림은 좀처럼 보이지 않는다. 인스타그램에서 '#예쁜 글씨', '#손 글씨 노트'를 찾아도 오히려 거북한 것만 올라와 괴롭다.

'예쁘다', '대단하군'이라는 말을 티 나게 의식한, 남에게 보여주기 위한 스케줄러와 노트는 거북스럽다. 조형미는 획일적이고, 메시지를 알기 쉽게 전달하기 위함이 아니라, 오로지 남의 시선을 의식해 충실함을 가장한 겉치레뿐이다. 그런 것을 보면 '뭐야' 하는 소리가 터져 나온다. 참으로 심술궂다.

그러나 한편으론 가슴이 아프다. 스케줄러에 장식할 여유가 있다는 것은 일정이 그렇게 빡빡하지 않다는 의미가 아닌가. 당당하게 일정을 다른 사람에게 보여줄 수 있는 생활이라고도 할 수 있다.

나의 다이어리는 투두to-do리스트로 꽉 차 장식할 틈이 없다. 가지런함과는 거리가 먼 개발새발이고, 마감과 미팅 시간을 아무렇게나 갈겨놓았다.

아무리 좋은 마음으로 보아도 도저히 '예쁘다'고 말하기 힘들다. 정신없이 바빠서 나의 생활은 아름답지 않다.

다이어리도 마음도 장식할 여유가 있는 것은 좋은 일이다. 그래서 나의 '뭐야'에는 다분히 선망의 감정이 내포되어 있을 것이다. 다이어리와 노트를 꾸밀 수 있는 사람이 부럽다.

선망을 거북스러움으로 바꾸는 것은 옳지 않다. 솔직히 인정해야 한다.

감사하게도 글쓰기는 재능 이상으로 노력하면 좀 나아진다. 손 글씨 쪽은 포기하고 뒤죽박죽 스케줄러에 갈겨놓은 메모를 확인하고 오늘도 연습에 매진하는 수밖에 없다.

슬기로운 가사 생활 강박증

트위터에 '오늘의 140자 요리'라는 인기 계정이 있다. 뚝딱 만들 수 있을 것 같으면서 보기에 근사한 요리 사진과 140자 레시피다. 분량이나 순서에 대한 상세한 설명은 없고, 초보자도 금세 이해할 수 있는 요리가 대부분이다.

계정주는 맞벌이 주부이고 아이도 있는 듯했다.

레시피는 '파 매실 초절임'이라든지 '당근과 흰 된장이 들어간 오믈렛' 등 식탁에 올리면 행복한 기분이 들 것 같은 일품요리들이다.

변변한 식탁도 없으면서 반들반들 윤기 나는 생활에 대한 강박증 — 사치와는 다른 차원으로 살림 고수의 일머리로 풍요로운 생활을 꿈꾸지만 현실은 평생 불가능하리라는 예감에 고민하는 병 ─ 을 앓는 나는 절제된 색조의 멋진 사진을 보면서 그저 '부럽다…'고 감탄만 할 뿐이다.

그러다 얼마 전 이들 레시피가 책으로 나왔다는 사실을 알고 바로 구입했다. 역시나 실천을 뒷받침하는 이론과 완성도 높은 요리가 빼곡하다.

제법 힘이 들어간 문장이 눈에 들어왔다. 일부 인용하면 이렇다.

"공복을 채워줄 멋진 음식이라면 밖에 얼마든 널려 있다. 나는 매우 약한 존재라 편안함에 휩쓸리기 쉽다. 하지만 만드는 것과 먹는 것을 누군가의 손에 전적으로 맡겨버리면 돌이키기 힘들다. 그래서 마음을 다잡고 스스로를 북돋아 칼을 쥐었고, 불 앞에 나섰다. 숙취로 괴로운 아침에도 된장국만큼은 제대로 만든다든지, 전날 밤 먹다 남은 음식을 정성껏 담아 식탁을 풍성하게 만들었다. 막상 하기 전에는 솔직히 괴롭지만, 음식을 다 먹을 즈음에는 만족감에 휩싸인다. 이것이 내가 요리를 지속할 수 있었던 이유다."

저자의 생활철학에 깊이 공감하는 독자들도 많을 것이다.

그러나 내게는 전혀 와닿지 않는다. 어, 어쩌지. 특히 "만드는 것과 먹는 것을 누군가의 손에 전적으로 맡겨버리면 돌이키기 힘들다"라는 이 문장. 요리는 누군가의 손에 맡기는 것이 편하고, 나는 먹기 전문으로 살아왔다.

그렇다면 나는 무엇을 포기하면 돌이키기 힘들까.

'나는 매우 약한 존재라 편안함에 휩쓸려 살아왔는지 모른다. 하지만 일하는 것과 돈 버는 것을 누군가의 손에 전적으로 맡겨버리면 돌이키기 힘들다. 그래서 마음을 다잡고 스스로를 북돋아 가방을 들고 일터로 향했다.'

놀랄 정도로 훅 들어온다. 저자에게 '만드는 것과 먹는 것'이 나에겐 '일하는 것과 돈 버는 것'이다. 이렇게 몇 자 바꿨다고 문장이 화살처럼 가슴에 꽂힌다.

아무리 피곤해도 마음을 다잡고, 스스로를 북돋우며, 수고를 아끼지 않고 완수한 일에서 나는 더할 나위 없이 충족감을 느낀다. 그래서 지속할 수 있었던 것이다.

누군가에게 '돌이키기 힘든 일'은 대단히 사적인 영역일 것이다. 이것만큼은 포기할 수 없다고 생각하는 것의 존재가 그 사람의 정체성이라고 할 수 있다.

나도 그리 맛있지 않은 요리를 남자에게 차려주던 때가 있었다. 남자가 만든 요리를 열심히 먹던 시절도 있었다.

그러나 지금은 나를 위해 직접 고기채소볶음을 한다. 세 가지 요리쯤 너끈히 만들 재료를 모두 한 프라이팬에 넣어 같이 볶는 것이 나의 장점이자 단점이다.

언젠가 또 요리를 담당해줄 사람이 나타날지 모른다. 그러면 나는 얼마든지 주방을 양보할 것이다. 요리도 일도 균형을 잘 잡을 수 있다면 좋으련만….

해야 할 일이 있다는 자부심으로 스물셋부터 지금까지 열심히 달려왔다. 그런데 사십 대 중반을 넘기고부터는 '이게 맞는 것일까?' 하고 가슴에 묻는 날이 많아진다.

집안일을 대충 하다 보면 혼자 살아도 집에 있을 곳이 없어지는 느낌이 든다. 집이 더럽다는 의미가 아니다. 안식처가 없다는 것이다. 재택근무 시간이 늘어나고 새삼 실감한 일이다.

그럴 때는 무조건 자는 게 답

"웃으세요! 미소!"

말과 기대에 부응하기 위해 있는 힘껏 입꼬리를 끌어 올렸다. 자동적으로 볼에 경련이 일어나고, 눈이 실처럼 가늘어지는 것이 느껴진다. 더 이상의 미소는 무리다. 이것이 한계다. 그런데 과연 이게 미소처럼 보일까?

오랜만에 사진을 많이 찍고 있다. 보통은 인터뷰를 하면서 한두 장이 고작이다. '이게 진짜 내 얼굴이지' 하고 만족할 만한 사진이 나오는 경우는 거의 없지만, '뭐, 그런 거지' 하고 낙심하지 않고 받아들이게 되었다.

타협이라고 하면 타협이다. 하지만 오늘은 다르다. 몇 장이고 충분히 괜찮은 사진을 찍어야 한다. 그런 촬영이다.

포토그래퍼와 편집자가 찍힌 사진을 보면서 고개를 갸웃거린다. 역시 별로인가. 쭈뼛쭈뼛 화면을 엿보니 잔뜩 굳어 있는 중년 여성의 얼굴이 적나라하게 드러났다. 애매하게 웃는 미소를 커버하겠다고 얼굴에 댄 손도 영 어색하다. 턱 언저리에서 손목이 접혀 결과적으로 기묘한 포즈가 되었다. 모든 요소가 코미디고, 말할 수 없이 슬프다. 포토그래퍼는 아무 죄가 없다. 문제는 내가 미소를 '만드는' 데 영 소질이 없기 때문이다.

나는 미소 짓는 것이 괴롭다. 나름 예쁜 미소를 만들 요량이지만 입이 작은 것인지 일단 치아가 보이지 않는다. 얼굴 부위 전체에 힘이 너무 많이 들어간다.

그런가 하면 남들이 찍어준 사진에서는 항상 채신없이 입을 벌리고 크게 웃고 있다. 전부 이중 턱이다. 흡사 하늘을 보고 양치질하는 하마 같다. 아아, 정말 나의 웃는 얼굴이 싫다.

예전에 출간한 책에 "흔히 미소가 정서와 마음을 표현하는 것이라 생각하지만, 실제는 표정근의 움직임에 불과하다. 따라서 복근이나 등줄기처럼 훈련하기에 따라 달라질 수 있다. 미소가 예쁘지 않다고 낙담하는 것은 바보다"라는 구절을 쓴 적이 있다.

여전히 같은 생각이다. 그럼에도 지금과 같은 돌발 상황에서 '미소 짓는 데 영 재능이 없다'는 사실을 새삼 자각하고 낙담에 빠진다. 미소와 재능 사이에 상관관계가 없다고 그만큼 다짐했건만.

실은 한동안 미소 짓는 연습도 했다. 거울을 보면서 나무젓가락을 입에 끼우고 웃는다든지, 입꼬리를 옆으로 넓히는 것이 아니라 위로 끌어 올린다든지.

그러나 성과가 전혀 없었다. 나무젓가락을 입에 물면 목에 부자연스러운 근육만 툭 튀어나오고, 입꼬리를 위로 올리면 표정이 마네킹처럼 딱딱하다. 어떤 느낌인지 감이 오시는지. 입이 제멋대로 오므라들고 인중엔 이상한 주름까지 생긴다. 아, 괴로워.

자연스러운 미소가 만들어지기도 전에 표정근 트레이닝을 포기했다. 어릿광대보다 못난 얼굴을 거울로 내내 마주하기가 피곤했기 때문이다. 그 결과가 오늘의 촬영이다. 전날 밤 수면 부족까지 겹쳐 안색도 나쁘고, 어쨌든 모두 엉망이다. 최악. 아, 지금 나는 분명 자기 비하가 도를 넘었다. 그것을 알면서도 자책이 멈춰지지 않는다!

모든 것이 엉망인 채로 집에 돌아왔더니 완전히 젖은 솜뭉치가 되었다. 2시간 정도 내처 널브러져 잤다. 그리고 일어났더니 웬걸 잠에서 깬 얼굴이 그리 나빠 보이지 않는다.

수면 덕분에 급격히 안면 상태가 좋아진 것인지, 불과 몇 시간 전과 똑같은 얼굴임에도 자기혐오에서 탈출해 정신 상태가 안정된 것인지 잘 모르겠다. '뭐, 그런 거지' 하고 생각하게 되었다. 어떻게든 '정신 줄'을 되찾은 나도 참 대단하다.

늘 조금씩 나은 사람이 되고 싶다. 정신이 건강할 때 그 욕망이 향상심으로 나타나지만, 유약할 때는 자존감을 떨어뜨린다. 자신이 혐오스러워진다. 이런 때는 그저 내처 잔다. 지칠 때마저 긍정적이 될 만큼 내가 철인은 아니다.

앞으로도 종종 얼굴 때문에 괴로울 것이다. 미소가 표정근의 움직임일 뿐이라는 사실을 알게 되었을 때 그리도 마음이 가벼웠건만, 아는 것만으로는 전혀 달라지지 않는다는 사실을 이번 기회에 깨달았다.

거기에 더해 표정근이 '맘대로근'인 이상 트레이닝을 계속하지 않으면 근력이 떨어진다는 살벌한 현실을 웨이트 트레이닝을 하면서 알게 되었다. 마스크 덕분에 얼굴 아래 절반은 완전히 방심하고 사는데, 이 생활이 완전히 끝나면 또 어떻게 될지 모르겠다.

액운이 오는 시기에는 태풍이 완전히 지나갈 때까지 내내 잠만 잘 수 있다면 얼마나 좋을까.

몸을 어떻게든 해야 한다

악몽의 시작은 왼쪽 견갑골 안쪽에서 스멀스멀 올라오는 '위화감'이었다.

피곤으로 녹초가 된 어느 저녁 예약 없이 들어간 마사지 숍에서 시술을 받은 내가 잘못이었다. 안마가 끝나고 집에 도착할 즈음 위화감은 확실하게 통증으로 변했다.

돈을 내고 몸을 상하게 하다니, 귀족 놀이도 아니고…. 대체 나는 무슨 짓을 한 건가. 아야야야야.

다음 날 눈을 뜨니 통증이 견갑골에서 왼쪽 목덜미까지 퍼지고 있었다. 뒤를 돌아보는 것은 물론 옆을 보는 것도 힘들었다. 오늘은 바쁘니 참는 수밖에. 아야야야야.

다음 날 아침은 기상과 함께 왼손 저림이 느껴졌다. 뭐야

이건. 주먹 보자기 주먹 보자기, 손바닥을 쥐었다 펴기를 반복한다.

접질림이 아니라 뇌에 문제가 있으면 어떡하나?

성급히 검색해보니 뇌의 경우는 말이 어눌해진다고 한다. 다행히 혀가 돌아가는 데는 문제가 없고 오히려 쓸데없는 말까지 입에서 튀어나오는 지경이다. 어찌어찌 운전이 가능한 것은 다행이나 역시 왼손이 내내 저릿하다. 아야야야.

바빠서 일단 참았더니 토요일 저녁, 마침내 두려워하던 그것이 찾아왔다. 두통이다. 심지어 긴장성이다. 이것엔 약이 듣지 않는다. 자는 수밖에 없다. 모처럼의 휴일이지만 누워서 기다리는 수밖에 다른 선택지가 없다. 아야야야야×10.

일요일, 바라던 바대로 이뤄지지 않았다. 두통이 낫기는커녕 통증이 꼬리뼈까지 퍼졌다. 꼬리뼈?! 시작이 견갑골 아니었나. 저녁에 콘서트를 보러 갈 예정이었지만 아예 글러버렸다. 아야야야야×100!

근육통이나 성장통 등 일부 몸의 통증은 상태를 좋은 방향으로 만드는 전 단계의 필요악이라는 말도 있지만, 이것은 그런 종류가 아니다.

접질림은 타박상처럼 시간이 흘러도 전혀 좋

은 변화가 나타나지 않는 타입의 통증이다. 콘서트를 날려 버렸으니 침대에 누워 좋아하는 힙합 그룹 드 라 소울의 '페인Pain'이나 듣자.

이 노래는 '아픔이 널 나아지게 할 거야'라는 식의 메시지를 담고 있는데, 아픔을 극복한 뒤 성장을 확인하기 위해 "Look over your shoulder(뒤를 돌아봐)"라는 가사도 있다. 하지만 나에겐 무리. 목 근육이 결리기 때문이지!

어쩔 수 없다. 급기야 근처 접골원을 찾았다. 처음부터 이렇게 했으면 좋았을 것을, 언제나 막바지 상황에 이르러서야 국가 자격을 갖춘 사람을 찾는 것이 나의 문제다.

접골원 선생님은 몸을 만져보고 5분도 안 돼 이렇게 말했다.

"턱이 문제군요."

응? 의미를 잘 모르겠는데요.

국가 자격증 소지자의 말에 따르면 턱의 부정교합이 원인이라 몸 전체의 균형이 무너졌다고 한다. 그러고 보니 요 사이 씹을 때마다 턱 오른쪽에서 달그락 소리가 났다.

큰 병이 아니라 다행이지만 만약 심각한 질병이었다면? 지금까지는 특기인 임기응변으로 그럭저럭 넘겨왔지만 앞으론 그렇게 녹록지 않을 듯하다. 삼십 대엔 직면해보지 못한 불안. 뿌옇게 드리운 암운, 그것은 나이를 먹으면서 커지는 몸 여기저기의 삐거덕거림이다.

턱 시술을 받고 난 뒤 두통이 점차 나아졌다. 대단하다.

다음 날엔 목덜미 통증이 없어지고 지금은 꼬리뼈가 살짝 거슬리는 정도다. 이 상태에서 책상다리를 하면 바로 재발한다는 것을 알고 있다.

그 접골원은 작업실에서 멀리 떨어진 집 근처에 있고, 저녁엔 영업을 하지 않는다. 즉 평일에 다니는 것은 무리라는 뜻이다.

사십 줄에 들어서면서부터 몸을 어떻게든 해야겠다고 생각하는 계기가 부쩍 늘었다. 나의 오십 대 이후는 남은 사십 대의 시간에 달려 있다. 근력 운동에 힘쓰고, 균형 잡힌 식사를 하며, 몸매도 적당히 관리하고…. 이런 것을 다 하자면 일할 시간이 없다. 일을 하지 못하면 접골원에도 가지 못한다.

모두 어떻게 하면서 살고들 계신지. 저쪽을 신경 쓰면 이쪽이 무너지는 불안을 안고 있는 것은 비단 나만이 아닐 것이다. 그렇다면 모두 모여서 불안을 공유하고 싶다. 여성문제의 타개책은 여성들의 집단 지성에서 해답을 찾는 것이 가장 성공적이지 않을까.

스타일보다는 살고 싶어서

근력 운동이 꽤 유행한다. 같은 나이대의 근력 운동 미경험 자들에게 '근력 운동 어때?'라는 질문을 종종 받는다. '시작 하길 잘했어'라고 대답하면 열에 아홉은 실망한 표정이다. 그 반응이 재미있다. '좋아, 그럼 나도 해볼까!' 하는 사람은 솔직히 한 명도 보지 못했다.

낙담 인사들은 하나같이 '효과를 잘 모르겠어'라고 대답 해주지 않은 것에 대해 마땅치 않은 기색이 역력하다. 한 사람이라도 '하지 마'라고 말해주면 회피할 수 있는 명분이 생기는데 말이다.

심정은 충분히 이해한다. 나에게 러닝이 그러하다. '달리 기를 시작하지 않는 편이 나았다'고 말해주는 러너를 지금

껏 한 명도 만나지 못했다. 그래서 내심 실망한다. 나는 달리기를 정말 못하기 때문이다.

당연히 그런 사정을 알 리 없는 러너들은 '하면 재미있어'라며 만면에 웃음을 가득 짓고 나를 압박한다. 나는 살짝 웃음을 흘리면서 '당신은 잘 달리니 그렇겠죠'라고 속으로 투덜댄다.

예전부터 운동이라면 질색이었다. 정확하게 말하면 학교에서 하는 운동과 친하지 않았다.

달리기를 하면 제일 뒤에 처지면서 배가 아파오고 금세 숨이 찼다. 구기 종목은 보통 수준이었다. 그러나 오래 달리는 지구력이 없으면 경주나 농구, 배구 등 학교 체육이 재미있기 힘들다.

매우 드문 예외가 수영과 스키와 롤러스케이트인데 '할 수 있다'고 말할 수준은 되지만 특성상 계절과 장소가 제한된다. 이십 대에 들어서도 '운동은?'이라고 누군가 물으면 숨도 안 쉬고 바로 손사래 쳤다.

삼십 대에 들어서 무슨 변덕인지 복싱 짐에 등록하게 되었다. 당시 나는 지금보다 훨씬 몸에 비해 머리가 비대했다. 육체는 거의 사용하지 않으면서 머리만 쉴 새 없이 풀 회전하는, 엄청난 불균형 상태였다.

알고 싶다, 보고 싶다, 먹고 싶다 등 뇌의 욕망을 채우기 위해서만 간신히 몸을 이동하는 식이라 항상 꺼림직한 마음이 있었다. 반대로 몸을 움직이기 위해 뇌를 쓰고 싶어진 것이다.

'그렇다고 해서 복싱은 너무 비약이 심한 것 아냐?'라며 친구들은 놀라워했지만, 이게 의외로 꽤 좋았다. 글러브를 끼고 미트를 힘껏 칠 때의 쾌감이 상상하던 것보다 50배는 더 짜릿했다. 난생처음으로 운동이 '스트레스'가 아닌 '스트레스 해소'의 수단임을 깨닫게 되었다. 많을 때는 주에 세 번이나 들렀더니 오른쪽 어깨만 유독 더 커질 정도였다.

당시를 돌아보니 오른쪽 어깨가 커진 기회에 근력 운동을 시작했다면 좋았을 텐데, 하는 후회가 크다. 나는 그때 깨달았어야 했다. 힘을 써서 펀치를 내지르는 운동에서 새로운 즐거움을 발견한 것이 얼마나 중요한지. 그리고 나는 근육이 잘 붙는 체질이라는 사실도.

링에 올라 스파링하는 단계까지 가지 못한 채, 더 이상 실력이 향상되지 못할 것 같은 어렴풋한 느낌이 들어 복싱 짐에서 멀어졌다. 아, 안타까워.

복싱 짐에 발길을 끊은 뒤에는 다시 운동 무풍 시절이 되었다. 그리고 나이를 먹으면서 몸 선이 점점 무너져갔다.

거울에 전신을 비추는 것이 고통이었지만 이제 그럴 나이라며 아무것도 하지 않고 포기했다.

마흔둘 정도부터는 체력이 부쩍 떨어졌다. 무리하는 게 특기였는데 피로가 풀리지 않았다. 정말 큰일이다.

외모가 변하는 것에 대한 고민은 얕은 물에서 첨벙첨벙 물놀이하는 수준이었다. 생각대로 몸이 움직여주지 않는 것이 훨씬 심각한 문제다.

이런 것이 노화인가, 싶었지만 애써 외면했다. 그러던 참에 개인 트레이너로 전업한 전직 댄서 출신의 옛 친구가 나날이 퇴행하는 몸으로 어쩔 줄 몰라 하는 내게 일침을 날렸다.

"불끈불끈 근육을 만들라는 게 아냐. 스타일을 좋게 만들기 위한 것도 아니고. 앞으로 살아가기 위한 근육이 필요하다고. 훨씬 절실한 얘기야."

생존을 위한 근육. 당시 나는 이마저 부실했을 것이다. 웅크린 자세에서 일어나려면 뭔가를 잡고 아이쿠 하는 소리가 절로 나왔다. 조금만 걸으면 허리가 아팠다. 큰맘 먹고 집 안 청소를 한 후엔 근육통에 시달리기도 했다. 매일을 무사하게 살기 위한 근육이 확실히 부족했다.

뜨끔해서 말도 못하는 나에게 친구는 따끔한

소리를 이어갔다.

"오십 대 여성 중에 무릎 꿇는 정좌 자세를 못하는 사람이 꽤 많다고. 유연성이 없어서 대퇴사두근이라고 하는, 허벅지 앞쪽 근육이 펴지지 않는 거야. 간신히 앉기는 해도 여기저기가 아파서 잘 일어나지 못하는 경우도 수두룩해."

무슨 일인가! 사십 대 중반에 들어선 내게 오십은 '몇 밤 자고 나면' 찾아오는 코앞의 일이 아닌가.

더 이상 외면하고 있을 수가 없다. 나는 그녀의 피트니스 센터에서 코어 근육을 중심으로 단련하는 자중 트레이닝을 시작하기로 했다. 마흔넷 생일 전날 밤 첫 예약을 했다.

그로부터 약 4년이 지난 지금 나는 기구를 이용한 트레이닝도 하고 있고, 레그 프레스 160kg 중량을 10회 들어 올린다. 이 정도면 복싱 짐에서 오른쪽 어깨만 커지던 때와 다를 바가 없다! 무엇이든 적당히 멈추지 못하는 성격은 여전하다.

덕분에 쭈그린 자세에서 일어날 때 주변 물건을 잡을 필요가 없어졌다. 평생 한 번도 가져본 적 없던 복근이 방식을 바꾸니 만들어졌다. 허벅지는 두꺼워졌지만 탄력이 생겼다. 피망처럼 늘어져 있던 엉덩이는 꽤 둥그스름하게 되었고, 장딴지는 부기가 줄었다. 변함없이 체중은 무겁지만 그리 괘념치 않게 되었다.

처음에는 꽤 비참했다. 동적 스트레칭dynamic stretching 이라는 움직이면서 몸을 펴는 동작만으로 다리에 쥐가 날 것 같았고 플랭크는 10초도 힘들었다.

한쪽 다리를 앞으로 내딛는 런지도 한 번 만에 쓰러질 듯 아슬하고, 발목과 무릎 아래에 두꺼운 고무 튜브를 감고 엉 거주춤 옆으로 걸은 다음 날엔 침대에서 일어나지도 못했 다. 너무 서툰 나를 받아들이기 힘들어 한동안 트레이닝을 쉰 적도 있었다.

그럼에도 포기하지 않은 것은 몸에 미묘한 변화가 생기 기 시작했기 때문이다. 역 계단을 힘들지 않게 올라갈 수 있게 되었다. 바닥에 떨어진 물건을 줍는 것이 두렵지 않았 다. 지하철이 급정거해도 휘청이지 않는다. 아니 뭐야, '생 존 근육'이 붙었나 보네.

근력 운동의 악마 같은 점은 하는 만큼 조금씩 결과가 나 온다는 것이다. 나이를 먹고 보니 성과가 뒤따르는 일이 많 지 않다는 것을 안다.

그 상태에서 더 지속했더니 생활하기 편해진 것만이 아 니라, 외형까지 달라져서 기뻤다.

많은 사람이 점점 빠져드는 연유는 하는 만큼 성

과가 나타나기 때문일 것이다. 어느새 긍정적 자존감까지 커졌다. 바로 이거야, 내가 그동안 바라온 것!

원하는 보디 셰이프에 따라 트레이닝도 달라지므로 재미에 눈을 뜬 뒤에는 이상적인 몸매를 가진 사람의 인스타그램을 찾아보게 되었다. 해외 온라인 커머스 플랫폼인 아이허브에서 프로틴만이 아니라 EAA(필수아미노산)까지 샀으니 이제 후퇴는 없으리라.

이렇게까지 말하니 꽤 스타일이 좋은 줄 알겠지만 절대 그렇지 않다. 확인하고 싶다면 나의 인스타그램을 찾아보시길. 너무 평범하잖아, 하며 틀림없이 맥 빠지는 기분이 들 것이다.

하지만 그래도 괜찮다. 내가 만족하면 그것으로 충분하다. '하면 할 수 있다'는 자신감과 버티기가 가능하다는 걸 실감했으니 그것으로 됐다.

여담으로 내가 참고하는 것은 해외 내추럴 사이즈 모델들이다. 동그스름하면서도 볼륨이 있는 풍만한 육체를 하고 있지만 하나같이 근력 운동에 열심이다. 단순한 과체중이면 내추럴 사이즈 모델이 될 수 없는 것이다.

자, 다이닝 테이블에 어깨너비보다 약간 넓게 양손을 짚고 3걸음 떨어진 지점에서 비스듬히 엎드려 팔굽혀펴기를 해보자. 가슴이 테이블에 닿기 직전까지 몸이 내려갔을 때 엉덩이가 떨어지고 등이 활처럼 휘지 않았는가.

만약 그렇다면 당신에겐 '생존 근육'이 부족하다는 증거다. 쭈그려 앉았다가 일어서기 힘든 날이 유감스럽게도 틀림없이 온다. 등이 굽고 목이 앞으로 나오는 날도 그리 머지않았다.

하지만 그 몸도 근력 운동을 착실히 하면 틀림없이 달라진다. 자, 어떤가.

'보디 포지티브' 때문에 죽는다?!

처음으로 다이어트 앱을 시작했다. 업무 차원으로 받은 건강검진에서 "아무래도… 지방간 증세가 있군요"라며 의사가 CT 영상을 보면서 애매한 미소를 띤 채 말했다. 의사의 반웃음에 기분이 상한 것은 아니다. 나도 함께 웃었으니까.

다행히 재검사가 필요한 정도는 아니고 스스로 노력하란다. 즉 식사와 운동으로 해결하라는 의미다.

지난해 여름부터 주 2회 PT를 받은 결과 수치상 지방이 3kg 줄고 근육이 4kg 늘어서 매우 만족하던 차다. 소질도 없는 운동을 포기하지 않고 꾸준히 하고 있는 것이 대견스러워 긍정감이 충만해 있는데 난데없이 지방간이란다. 찬물을 뒤집어쓴 듯한 기분이 들었다.

비만 체형을 이제 간신히 받아들이기 시작했는데 역시 현실은 매섭다. 콤플렉스였던 통짜 몸이 운동 덕분에 살짝 굴곡이 생겨서 좋아했는데.

요사이 크게 회자되는 '보디 포지티브' 운동, 즉 있는 그대로 자신의 몸을 사랑하자는 취지에 이의는 없다. 뚱뚱하든 마르든 스스로 긍정하는 것이 중요하다. 다만 이 문제만큼은 '건강하다면'이라는 전제 조건이 붙는다. 이대로 쭉 '보디 포지티브'를 하고 있다간 나 같은 사람은 죽어나간다. 젊은이들아, 이게 바로 사십 대다.

운동 시간을 더 이상 늘릴 수 없으니 음식을 바꿔야 한다. 그런 이유로 다이어트 앱이 나의 일상에 등장하게 된 것이다. 먹은 것을 기록하면 칼로리만이 아니라 15종이나 되는 영양소 과부족과 식사 밸런스가 그래프와 점수로 표시된다. 흰옷을 입은 여성 영양 관리사 캐릭터가 매일 다양한 표정으로 결과를 알려준다. 내 취향은 아니지만 지금 이것저것 가릴 처지가 아니다.

대개의 메뉴가 등록되어 있어서 이 중에서 선택하면 대략 문제가 없…겠으나….

실제 먹은 음식을 기록해보니 필요한 영양소를 과부족 없이 섭취하기가 예상외로 어렵다. 특히 칼륨, 칼슘, 비타민 A, 식이섬유 네 가지. 필요량을 채우자면 세끼 모두 정식定食으로 먹지 않으면 도저히 맞출 수가 없다.

나는 천성적으로 꽤 성실하다. 갑갑하다는 편이 맞을 정도다. 그래프에 '부족'이라는 결과가 나오면 성이 차지 않는다. 영양 관리사가 '애쓰셨습니다'라고 하는데도 '하지만 여기가 부족하잖아요?!' 하고 따지는 까칠한 성격이다.

영양 관리사가 뭐라든 섭취 칼로리 1일 1800kcal, 단백질 100g, 지방과 당질을 50g 전후로 억제하는 다이어트를 목표로 한다. 그런데 이렇게 되면 영양소가 부족해지는 문제가 발생한다.

간이나 장어에 풍부한 비타민 A가 부족한 날이 이어지면 안절부절못한다. 이런 식품을 매일 먹을 수도 없고, 설령 그것을 많이 섭취한다 해도 지방이 기준치를 초과해버린다.

이것이 진짜 문제다. 부족분을 채우려면 다른 수치가 돌출해 칼로리 초과가 된다. 마치 블랙잭 같다. 데즈카 오사무가 그린 천재 의사 캐릭터를 말하는 게 아니라 카드 게임 말이다.

배당된 카드를 취사선택해 최고의 패로 21에 가까이 만드는 블랙잭과 다이어트 앱. 이 둘의 유사성을 발견하고 갑자기 승부욕이 끓어올랐다. 닭 가슴살을 연어로 바꾸면 필요한 단백질을 채우면서 비타민 D도 섭취할 수 있겠군. 그러면 오늘 점심은 브로콜리와 현미와 연어구이. '아, 그러면 지방이 조금 과한가?' 이런 생각을 하루 종일 하고 있다.

최고의 패로 하루를 채우겠다고 기를 쓰다가 프로틴 바까지 직접 만들기에 이르렀다. 이게 꽤 괜찮아서 단백질, 지방, 식이섬유를 골고루 섭취할 수 있게 되었다. 엑셀까지 써가며 계산해낸 성과에 우쭐했다.

블랙잭 느낌으로 도전하는 다이어트 앱의 결과는 3개월 정도 후에 나오지 않을까. 참고로 비타민 A는 김에 풍부하다고 한다. 저칼로리이기도 해서 부족한 날에는 야심한 밤에 바싹 구워서 먹으면 좋다…. 도대체 나는 지금 뭘 하는 걸까.

세상 무서운 나의 팔 이야기

스타일 좋은 몇몇 친구와 함께 장난삼아 댄스 동영상을 찍었다. 친근한 솔 뮤직에 맞춰 짜잔 짜잔, 흥이 오른다.

숨이 차서 헉헉대면서도 '의외로 몸이 움직여주네'라며 넉살 좋게 동영상을 보다 완전히 뒤집어졌다. 생각한 것보다 춤이 이상하다든지 얼굴이 못났다든지 그런 차원이 아니다. 유독 심하게 내 팔이 짧았다.

남들에 비해 팔이 짧은 것은 어릴 때부터 잘 알고 있었다. 그렇게 인지할 수밖에 없는 일을 종종 겪기 때문이다.

우선 이 옷 저 옷 모두 항상 소매가 길다. 프렌치 슬리브는 반소매, 반소매는 칠부 소매, 칠부 소매는 긴소매, 긴소매는 비숍 슬리브가 된다. 그렇다고 민소매는 괜찮은가 하면 전혀 모양이 나지 않는다. 팔뚝이 두껍다는 또 다른 문제가 머릿속에 강하게 자리 잡기 때문이다.

어릴 때 앞으로나란히를 하면 다른 사람에 비해 미묘하게 앞사람과의 거리가 짧다는 사실을 느꼈다. 비슷한 키의 사람과 나란히 찍은 사진에서 내 팔이 유달리 짧아 보이는 일도 다반사다.

그럼에도 그다지 괘념치 않았다. 일상생활에 큰 지장이 있는 것도 아니고 외모에 집착하는 타입도 아니라서 그럭저럭 사십 대 중반을 지나고 있다.

그러다 지금 휴대폰을 쥔 손이 부들거린다. 백조처럼 날개를 펴고 날갯짓을 할 요량이었건만 영상에서 나는 영락없이 닭이 겨드랑이를 접었다 폈다 하는 꼴이다. 효과음을 넣는다면 누구나 예외 없이 '꼬꼬댁 꼬꼬!'를 고를 것이다. 이렇게 못난 팔을 여태껏 늘어뜨리고 살아왔던가!

가늘고 긴 팔은 그 자체로 우아하다. 반대로 짧은 팔은 그 자체로 코미디다. 이미 알고는 있었지만 동영상을 보기 바로 전까지 사고를 정지하고 있었던 터라 새삼 놀랍다. 팔이 짧으면 매 동작이 파닥파닥 빨리 감기 한 듯 보인다니 상상도 못한 냉혹한 현실이다.

그러다 퍼뜩 깨달았다. 어째서 팔은 '보정'할

수 없는가. 짧은 다리는 하이힐, 빈약한 가슴에는 패드, 살집 있는 몸에는 코르셋, 큰 히프에는 거들, 작은 눈동자에는 서클 렌즈. 세상에는 외모 콤플렉스를 커버하는 아이템이 넘쳐난다. 앱으로 보정할 수도 있다. 그러나 팔에는 그것이 없다. 짧은 손가락만 해도 손톱을 기르는 방법이 있건만.

인터넷 검색을 해봐도 명쾌한 묘책이 보이지 않는다. 원래도 긴 팔을 가진 발레리나가 더 길어 보이는 방법을 알려주는 포스팅이 있다. 욕심도 많다며 냉정하게 따지고 싶어진다. 세상에는 훨씬 곤란한 사람이 있다고요.

가늘게 만들면 되지 않느냐고 묻는 사람도 있을 것이다. 부정하지 않겠지만, 전면 긍정할 수도 없다. 통통한 몸에 긴 팔인 체형의 친구가 있는데 그녀의 동작은 결코 코미디가 아니다. 팔만 길면 통통한 체형도 그럭저럭 우아하다.

벼락치기로 공부한 바에 따르면 팔은 견갑골에서 이어진다. 우선은 견갑골을 풀어 어깨 가동 범위를 넓히는 것이 좋다. 확실히 나의 견갑골은 딱딱하게 굳어 있어 팔이 잘 움직이지 않는다. 〈백조의 호수〉와 거리가 먼 푸득푸득 우스운 모양새는 그 때문일까.

아니, 잠깐만. 본디 견갑골이 굳은 것도 사람들보다 팔이 짧아 손을 앞으로 길게 뻗지 않으면 컴퓨터를 할 수 없기 때문이 아닌가. 그렇다면 일을 그만둘 수밖에 없다. 키보드와 안녕 하는 수밖에 없다.

아니, 손은 있지만 팔이 짧다. 팔을 길게 하기 위해 일을 그만두는 바보가 어디 있나.

여기 있을지도 모르지….

그만 흥분해서 이성을 잃고 생각이 널뛴다. 잘 생각해보니 내가 친애하는 마돈나도 팔다리가 짧다. 근육 때문에 다리가 짧아 보이는 것 말고도 팔이 짧은 것은 사람들이 잘 모른다. 과거 누드 영상까지 찾아내 관찰한 결과 무릎이 아닌 어깨에 시선이 갈 때, 즉 다시 말해 어깨가 팔의 스타트 지점으로 보일 때 마돈나의 팔이 길어 보인다.

아니, 이렇게까지 시시콜콜 조사할 일인가.

아무튼 세계적인 셀럽도 짧은 팔로 잘 살고 있다. 대부분의 세상사를 임시변통과 무신경 정신으로 헤쳐나가는 것이 중년이다. 나는 쓰윽, 좀 전의 동영상을 삭제해버렸다.

상처받은 자신을 놓지 못하는 나날

'피해자 코스프레'라는 말이 있다. 대개 피해자 입장을 부당하게 이용하는 사람을 지칭하는 말이다. 실제로 피해를 입었든 그렇지 않든 타인이 그렇게 느끼면 일방적으로 사용하는, 독한 단어이므로 사용에 주의가 필요하다.

사실 일상의 인간관계에서 '피해자'와 '가해자' 구별이 불분명한 경우가 드물지 않다. 대부분 형사 사건이나 민사 소송감도 아닌 일이다.

연애가 특히 그러하다. '피해자 코스프레'가 이런저런 상황에 자주 등장한다. 나도 상대를 그렇게 단정한 적이 있고, 반대로 당한 적도 있다. 돌이켜보면 분명 내가 그랬다고 인정하지 않을 수 없는 경우도 있었다.

영화 〈그 여자 작사 그 남자 작곡〉에서는 인기가 식은 퇴물 팝 가수 알렉스를 연기한 휴 그랜트가 과거 연애에 갇혀 자신감을 잃은 소피(드루 배리모어의 연기는 최고다)를 각성시키는 장면이 압권이다.

전 애인이 쓴 베스트셀러 소설에서 악녀로 그려진 소피. 자신과 소설의 캐릭터를 분리하지 못하고 실의에 빠진 그녀에게 알렉스는 이렇게 말한다.

"사실 당신은 샐리라는 캐릭터를 잃는 게 두려운 거야. 당당히 홀로 설 자신이 없어서 그런 거라고."

귀에 때려 박히는 대사다. 부정적인 캐릭터조차 정체성의 일부가 되어버리는 경우가 내게도 몇 번이나 있었다. 이런 유의 캐릭터는 자기 연민에 더할 나위 없이 제격이다. 스스로를 피해자 위치에 묶어두고 마치 손거스러미가 찢겨지는 듯한 불쾌한 통증과, 한편으론 미지근한 탕에 몸을 담근 듯한 편안함 사이를 동시에 오간다.

참으로 이상하다. 처음에는 마음 밑바닥까지 상처를 받았으면서, 그리고 하루빨리 이런 자신과 결별하고 싶으면서도 점점 '상처받은 자신'을 놓아주지 못한다. 놓아주면 거기에 있었던 흔적조차 사라질 듯한 불안에 휩싸인다. 필시 '애도 작업'을 제대로 거치지 못했기 때문일 것이다.

하지만 이런 태도는 주위 사람들에게 낱낱이 들키고 만다. 옛 기억의 지박령이 되어 옴짝달싹 못하고 있다는 것을. 자기 연민과 자아도취의 조합은 만취한 상태에서 욕조에 들어가는 것만큼 위험하다. 어느 시점에서 에잇, 하고 선을 긋고 단번에 끊어내야 한다.

한편 빼앗은 사랑에서 예기치 않은 방향으로 인간관계가 발전해나가는 영화 〈매기스 플랜〉에서는 주인공에게 남편을 빼앗긴 전처 조젯이 이런 대사를 한다.

"당신 없이도 살 수 있겠어!"

예상을 뒤집는 강력한 한 방. 연기한 줄리앤 무어는 정말 더할 나위 없이 멋지다. 물론 상처를 받았지만 조젯은 틀에 박힌 동정받는 역할이 아니라 주체적이고 솔직하다.

피해자 '가면'까지는 아니라도 피해자 '역'이라면 누가 시킨 것도 아닌데 자처하는 경우가 흔히 있다.

가정, 직장, 연애에서 손해 보는 역할만 하는 느낌이라면 강요받은 역할인지, 자기가 놓지 못하는 역할인지 한번 깊이 생각해볼 필요가 있다.

그러고 보니 〈그 여자 작사 그 남자 작곡〉은 음악도 매력적이다. 그중에서 휴 그랜트가 연기한 알렉스가 그의 곁을 떠난 소피를 위해 부르는 '돈 라이트 미 오프Don't Write Me Off'도 빼놓을 수 없다. 'write off'는 '단숨에 쓰다'라는 의미와 더불어 '버리다'라는 뜻도 있다. 알렉스는 멋진 멜로디는 만들 수 있지만 작사가 소피의 가사 없이 작품이 될 수 없으므로 이는 두 사람의 관계를 시사한다.

둘도 없이 소중한 존재는 의외의 곳에 있는 법. 자신의 가치를 깎아내리는 사람들에게 둘러싸여 있다고 느낀다면 그곳에서 벗어나는 것도 부정적인 캐릭터를 버리는 방법 중 하나다.

모든 것을 다 웃어넘길 필요는 없지만, 또 모든 것을 트라우마로 만들 필연성도 없다. 내일은 그 누구도 아닌 나를 위한 것이기 때문이다.

3

**오늘도
소중한 하루**

맥도날드에서 허세를 부리다

나이도 있는데 창피하게 거짓말을 했다. 정말 한심스럽다.

바로 얼마 전의 일이다. 나는 평소와 다름없이 작업실에서 원고 작업을 했다. 생각대로 진도가 나가지 않아 아무래도 길어질 각오로 지갑을 들고 밖으로 나갔다. 저녁거리를 사기 위해서였다.

자랑은 아니지만(즉 자랑이다) 작업실이 미나토구의 쾌적한 지역에 있다. 걷다 보면 모델이나 예능인을 일상다반사로 마주친다.

상점가에는 도넛 전문점, 뉴욕 스타일의 피자집, 비건 카페, 세련된 햄버거 가게 등 개념적으로 도쿄를 구현하는 듯한 음식점이 줄지어 있다.

그중에서 최애 단골은 세븐일레븐과 맥도날드. 아주 좋다. 어디서든 맛이 일정하다. 불안이 없다.

아무튼 이날도 밖으로 뛰쳐나가 곧장 맥도날드로 직행했다. 몹시 허기져 있었다. 사실 한참 전부터 더블 치즈버거를 먹으면 위가 심하게 더부룩하고, 심지어 가벼운 글루텐 알레르기임에도 여전히 맥도날드를 끊지 못하고 있다.

트레이닝팬츠에 티셔츠, 고무줄로 질끈 묶은 부스스한 머리로 더블 치즈버거 세트를 주문했다. 멍하니 기다리는데 뒤에서 '실례합니다'라는 말이 들렸다.

돌아보니 최신 유행 스타일의 젊은 여성이 볼이 상기된 채 서 있다. 소지품이라도 떨어뜨렸나 하고 무심히 두리번거리는데 '제인 수 님이죠? 매일 라디오 잘 듣고 있어요!' 하는 말이 귀에 꽂혔다. 돌발 상황에 얼음이 되었다.

바로 그 순간 '더블 치즈버거와 다이어트 코크, 포테이토 L 사이즈의 손님~' 하는 점원의 목소리가 매장 안에 쩌렁 울려 퍼졌다. 네, 제 거예요.

다소 거창하지만, 역시 인간의 본질은 찰나의 행동에서 나타난다. 적어도 나는 그렇다.

아무것도 묻지 않았는데 "아, 예~ 안녕하세요~ 스태프랑 함께 아직 일이 남아서요!" 하고 손안의 포장을 높이 들어 올렸다. 마치 나 혼자만의 것이 아니라는 양.

이 무슨 뜬금없는 거짓말인가. 스태프는 벌써 퇴근했고, 나 혼자 쓸쓸히 컴퓨터 앞에 앉아 버거를 뜯어 먹을 것이다. 게다가 아무리 봐도 1인분 주문이잖은가.

나는 아직도 사람들에게 멋지고 근사하게 보이고 싶은 허영이 있다. 그래서 작업실도 이런 곳에 만든 것이다. 이번 일로 절실히 통감했다.

정말 남부끄럽다. 그녀도 그곳에 있었으니 '맥은 맛있죠~' 하는 정도의 여유를 가졌으면 좋았을 것이다. 오가닉 샐러드를 먹는 날도 있는데, 하며 지금도 여전히 미련을 갖는 것까지 최악이다.

이런 상황에서 멋지게 리액션할 사람은 누구일까, 생각하다가 떠오른 이가 비욘세다. 억만장자 중에서도 맥도날드를 가장 잘 먹을 것 같은 셀럽이 비욘세다.

실제로 '포메이션Formation'이라는 노래에서 남부의 촌뜨기가 지방시 드레스를 입는 레이디로 성장한 것을 거만할 정도로 뽐내면서도 "백에는 핫소스가 들어 있어"라며 고향을 대표하는 양키 정신도 잊지 않는다.

나도 이런 어른이 되고 싶다…. 비욘세가 더 어리지만.

브루노 마스와 카디 비의 그래미상 퍼포먼스를 보다가 절로 한숨이 터져나왔다. 카디 비는 정말 대단해. 금세 셀럽의 분위기가 짙게 풍겨.

카디 비는 지금 미국에서 가장 핫한 여성 래퍼다. 인스타그램에서 거침없는 말투로 두각을 나타내더니 리얼리티 프로그램으로 인기를 얻어 단 2년 만에 스타 대열에 합류했다. 2020년에 발표한 싱글 앨범까지 대히트를 기록하며 테일러 스위프트를 누르고 '빌보드 핫 100'에서 1위에 등극했다. 애교 있는 얼굴과 수박처럼 풍만한 가슴과 히프가 특징으로 모두 성형한 사실을 본인이 숨김없이 밝혔다. 무엇보다 압도적인 것은 어떤 기회도 놓치지 않는 뛰어난 순발력과 노골적인 욕망이다. 그리고 셀럽을 자처하는 담력. 물론 래퍼로서 재능도 뛰어나다.

카디 비는 전 스트리퍼이자, 전 스트리트 갱이다. 이 사실도 감추지 않는다. 솔로 여성 래퍼가 빌보드 싱글 차트에서 1위에 오른 것은 명문 학교 우등생이었던 로린 힐 이후 19년 만이다. 계도적인 스타일보다 낱낱이 노골적으로 드러내는 타입을 더 선호하는 시대인가. 브루노 마스와 퍼포먼스를 선보인 '피네스Finesse Feat. 카디 비'는 1990년대를 의식한 스타일이라 나로서는 반갑고 기쁘기 그지없다. 동시에 이십 대 즈음의 유행이 어느새 리바이벌되다니 전율을 느꼈다.

한편 얼마 전에는 그랜드 하얏트 도쿄의 엘리베이터에서 모 유명 헤어·메이크업 아티스트를 보았다. 뒷모습이 유독 화려해서 눈에 띄었다. 카디 비처럼 노골적이지는 않지만 역시 그녀도 셀럽이라는 자의식을 맹렬하게 과시했다. 대단해. 모두 당당하고 빛이 난다. 하고 싶은 것을 거리낌 없이 하고, 지금의 자리를 자신이 누려야 할 합당한 대가로 받아들여 충분히 만끽한다.

예를 들면 학예회의 주역이나 학생회장. 주어진(혹은 획득한) 빛나는 역할을 스포트라이트 아래 주저 없이 해내는 사람이 있다. 한편 어제까지와는 완전히 달라진 풍경에 당황하며, 머리만 긁적거리고 뒷걸음치거나, 조명 밖으로 도망치는 타입도 있다. 나는 후자다.

카디 비와 유명 헤어·메이크업 아티스트를 보고 한숨이 나오는 것은 내 안의 빛나고 싶은 욕망의 불씨가 연기만 내뿜기 때문일 것이다. 두 사람 모두 새로운 인생의 무대를 한껏 즐기는 듯 보여서 솔직히 부럽다. 나도 경험해보고 싶다.

물론 나 역시 여러 좋은 기회를 주셔서 고맙게도 예전에는 생각지도 못한 환대를 받는 일이 늘었다. 선물을 받거나, 만나고 싶은 사람을 쉽게 만날 수 있게 되었다. 그러나 도무지 마음이 불편할 때가 적지 않다. 길게 줄지어 선 사람들을 뚫고 맨 앞에 살짝 끼어 들어가는 듯한 꺼림직함에 몸이 움츠러든다. 바로 얼마 전까지만 해도 나 역시 저 줄에 얌전히 서 있지 않았던가. 혹시 의식하지 못하는 가운데 특별 취급을 받는 데 익숙해져 오만불손해지는 것이 아닐까 하는 의심도 있다. 확인할 방법이 없다. 허울뿐인 바지 사장처럼 되면 어쩌나.

아, 젠체하지 않으면서 그래미 시상식에서 퍼포먼스를 하고, 회원 전용 스파 서비스를 받고 싶다. 아니, 비유하자면 그렇다는 말이다.

칭찬은 기쁘지만 주목받는 것은 사양한다. 빛나고 싶지만 시선이 집중되지 않으면 좋겠다. 너무 제멋대로다. 하고 싶은 나와, 하고 난 뒤 후폭풍을 두려워하는 나. 실행한 나를 책망하는 내가 어쩌면 미래에 있을지도 모르겠다.

내겐 반짝 빛나는 존재에 대한 동경이나 빛나고 싶은 욕망을 감추지 않고, 화려한 스포트라이트를 만끽하며 거침없이 확장해나가는 정신에 대한 동경이 있다. 눈부심을 마음껏 즐기는 건전한 정신을 원한다.

지금의 나와, 지금까지의 선택에 아무런 불만이 없다. 다만 주목받는 것에 두려움이 없었다면 어땠을까? TV 출연 의뢰를 거절하지 않았을까. 연예인과 친분을 다지며 금세 함께 여행도 다녔을까.

아니 아니, 흥미가 없는 일은 하지 않아도 좋고, 익명성은 한번 잃으면 아무리 돈을 쏟아부어도 되돌릴 수 없는 값진 것이므로 당연히 유지하는 것이 좋다. 화장기 없는 맨얼굴로 편의점에 가도 아무도 알아보지 못하는 인생이 훨씬 행복하다. 이 상태가 충분히 좋다.

이렇게 콧구멍을 좁혔다 넓혔다 하면서, 나는 내내 연기만 피워댈 것이다. 한 일흔 정도가 되어서야 마침내 드레스를 입고 노래를 불러보지 않을까 하는 예감이 든다.

친구가 심리 테스트를 보내왔다. 여러분도 함께 해보시면
좋겠다.

우선 자신이 집에 있다고 상상한다. 아기가 울어대기 시
작했다. 전화가 오고, 현관 벨이 울린다. 여기에 더해 욕실
물을 틀어놓고 깜빡한 것이 떠올랐고, 맹렬하게 화장실 용
건이 급하다. 어느 것부터 해결하겠는가?

나는 우선 전화를 받는다. 그리고 '지금 매우 급한 사정
이 있으니 나중에 다시 걸겠습니다'라고 말하면서 동시에
인터폰을 눌러 현관 벨 소리에 응대한다. 잠깐 기다려달라
고 말한 뒤 화장실로 돌진. 일을 마친 뒤 아기를
안고 욕실의 물을 잠그러 간다.

누군가 기다리게 하고 싶지 않으니 전화와 현관 벨 응대를 우선한다. 화장실은 1분 정도라면 참을 수 있다. 아기를 울게 두는 것은 안타깝지만 큰일이 나지는 않을 것이다. 욕실의 물도 나중에 잠가도 상관없다.

나는 이 외의 다른 순서를 생각하기 힘들다. 너무나도 원활한 움직임이다. 그렇게 흡족해하고 나서 보니 역시 내가 미혼에다 아이도 없는 이유가 묘하게 이해되었다.

한편 심리 테스트를 알려준 육아휴직 중인 친구는 화장실→아기→현관 벨→욕실 물→전화 순서란다. 깜짝 놀랐다. 맨 먼저 화장실로 가는 것이나, 전화 대처가 마지막인 것도 나로서는 도저히 생각할 수 없는 일이기 때문이다.

친구 말로는 이 심리 테스트로 인생의 우선순위를 알 수 있다고 한다. 아기가 상징하는 것은 '애정', 전화는 '일', 현관 벨은 '친구', 욕실 물은 '돈', 화장실은 '자기 자신'이다.

나의 우선순위는 일, 친구, 자기 자신, 애정, 돈이다. 신빙성이 있는지는 모르겠지만 분명 나는 일을 최우선으로 해서 살고 있고 친구를 무엇보다 중요하게 생각한다.

한편 심리 테스트를 알려준 친구는 늘 '일을 안 해도 살 수 있다면 하고 싶지 않다'고 입버릇처럼 말한다.

친구는 나의 결과를 보고 일을 최우선으로 하는데 돈이

마지막인 점이 흥미롭다고 꼬집었다. 아니지, 그게 바로 일을 최우선으로 하는 나를 가장 분명하게 보여주는 중요한 포인트야. 나는 그렇게 밥벌이를 해왔어.

전화와 현관 벨의 당사자에게 신용을 얻으면 수도세는 간단하게 커버할 수 있다. 넘치는 욕실의 물은 그에 따른 부수적인 경비일 뿐.

심리 테스트 결과에 완전히 납득하면서도 한편으로 이대로는 안 되겠다는 생각이 동시에 들었다. 애정이 후순위라니.

애정에 대해 노력까지는 하지 않더라도 잃어버리지만 않으면 된다고 생각한 안일함이 여지없이 드러났다. 실제로 '아기가 우는 것은 안타깝지만 큰일은 아닐 것이다'라고 생각하지 않았던가.

진정한 애정을 구하기 위해서는 전력으로 매진해야 함에도 멍하니 책상다리를 하고 앉아 있는 내 모습을 확인하고 뜨끔했다.

시대를 풍미한 가수 우타다 히카루는 '첫사랑'이라는 타이틀의 노래를 두 번이나 불렀다. 첫 번째는 크게 히트한 〈퍼스트 러브First Love〉라는 싱글이고, 두 번째는 2018년에 발매된 앨범 〈첫사랑〉에 수록된 '첫

사랑'이다. 이것은 아들에 대한 사랑을 노래한 것으로 알려
졌다. 미칠 듯한 사랑의 마음을 섬세하게 표현해서 '두 번
째가 첫사랑'이라는 평가를 받았다. 그녀를 이렇게 만든 것
이 아들의 존재인 셈이다.

심리 테스트가 말하는 '애정'이 우타다의 경우처럼 아들
에 대한 그것이라고 한다면 나는 평생 알지 못한 채 끝날
것이다. 뭐, 그건 그것대로.

사람은 모두 제각각 다르다. 성향이 각기 다른 것이 당연
하지, 라며 가벼운 재밋거리로 끝날 요량이었던 심리 테스
트. 최종적으로는 나의 무심함을 확인하는 결과가 돼버렸
다. 이대로 가다가는 언젠가 큰코다칠 것이다.

자식이 없는 인생을 긍정하는 것과 애정을 소홀히 하는
것은 별개 문제다. 애정의 메타포인 아기를 맨 먼저 안아주
는 사람이 임종 마지막 순간에 돌봄을 받는 것이 세상의 이
치다.

많은 이야기를 담은 사진

어릴 적 나와 젊은 아버지가 함께 찍힌 사진이 필요했다. 아버지에 관한 내용을 담은 《산다든가 죽는다든가 아버지든가》가 출간되어 광고 등에 사용할 모양이다.

담당 편집자의 의뢰를 받고 네, 네, 하고 쉽게 대답했지만, 어, 그런데 부모님과 찍은 사진이 담긴 앨범이 어디 있지?

우리 집은 특별한 사정으로 본가가 없다. 10여 년 전에 흩어졌다. 유일한 가족인 아버지와 현재 각자 떨어져 살고 있고, 아버지의 집을 본가로 부르기에는 마음이 내키지 않는다. 어린 시절의 추억이 전혀 없을 뿐 아니라 사실 마음도 불편하다. 그냥 노인의 집이다.

본가가 사라졌다는 것은 본가에 있던 물건이 아버지나 나의 집 어느 쪽으로 옮겨갔다는 의미다. 당연히 가족의 추억이 담긴 앨범도 그럴 것이다. 그러나 아버지도 나도 두 번 정도 이사해서 어디에 뭐가 있는지 전혀 모른다. 아니나 다를까, 지금 살고 있는 나의 집에서 앨범이 보이지 않았다.

아버지 집에서 짐을 다 뒤집어보기는 성가신데, 하면서도 포기하지 못하고 작업실의 서랍 깊숙한 곳을 더듬다가 먼지를 잔뜩 뒤집어쓴 손잡이 가방을 발견했다. 손을 쑥 넣어보니 사진 같은 질감의 다발이 손끝에 만져졌다.

유아 시절의 나, 나와 엄마, 엄마와 친구, 나와 친구. 시기도 찍힌 사람도 통일성이 없는 것을 보니 여러 앨범에서 빠져나온 사진 더미일 것이다. 말하자면 앨범의 낙오자다.

거기에 아버지의 사진은 한 장도 없었다. 엄마와 내 것은 꽤 있는데…. 아버지 사진이 없는 것은 아버지가 셔터를 눌렀기 때문일까? 그렇다면 좋으련만.

자, 이쯤에서 부모님이 계시고, 그럭저럭 사이도 원만하며, 또한 어린 시절의 사진이 어디 있는지 모르는 여러분. 지금 바로 부모님과 찍은 어린 시절의 사진을 찾아보시죠. 보이지 않는다면 현관 앞도 좋으니 함께 사진을 찍습니다.

딱 좋아요. 그리고 찍은 사진을 인화하는 것도 꼭 잊지 마시길!

"당신은 자꾸만 사진을 찍고 싶어 하지"라는 인상적인 가사로 시작하는 시이나 링고의 '깁스Gips'라는 20여 년 전 유행가가 있다. 노래는 이렇게 이어진다. "사진이 되면 내가 낡아지잖아요." 그럴지도 모른다. 젊은 시절이라면. 하지만 나이를 먹고 사진 속 사람이 더 이상 이 세상에 없다면 사진을 꼭 가슴에 안게 된다.

어디선가 '부모란 말이죠…'라며 투정 어린 목소리가 들려오는 듯하다. 나도 이런 판에 박힌 구닥다리 얘기를 하게 될 줄 몰랐다. 하지만….

부모님은 언젠가 우리 곁을 영원히 떠나가신다. 나의 엄마도 너무나 급작스레 돌아가셨다. 얼마 전 생일을 맞은 아버지도 어느덧 팔순을 넘겼다. 갑자기 내 곁을 떠나도 이상하지 않은 나이다. 요즘엔 만날 때마다 사진을 찍는데, 할아버지와 중년 여성의 사진은 슬프다.

역시 젊은 시절의 아버지와 나의 사진을 보고 싶다. 사진은 많은 것을 말해준다. 거기에서 전해지는 감정은 마주 보고 대화하는 것보다 더 분명하다.

지금이 그 목소리를 들을 때가 아닐까. 어린 나

를 팔에 안은 젊은 아버지의 미소는 오늘의 내게 무엇을 가르쳐줄까.

물론 사진을 먼저 찾아야지. 그 전에 우선 아기인 나를 아버지가 안고 사진을 찍었어야 가능한 이야기지만.

다음 여친과 전전 여친과 나

지인의 결혼식 뒤풀이. 조금 늦게 식장에 도착하니 마침 축하 영상이 흘러나오고 있었다.

스크린에는 신랑 신부의 은사와 먼 곳에 사는 친구인 듯한 사람들이 비쳤다. 내가 아는 사람은 없었다. 사람들 대부분이 비슷했는지 영상을 보는 이는 거의 없었다.

식장은 와글와글 소란스럽고, 영상의 음성도 잘 들리지 않았다. 일단 음료를 가지러 가서 그대로 멍하니 보고 있는데 꽤 오래전에 사귀었던 남자와 결혼한 여성이 갑자기 화면에 나타났다. 모처럼 아는 얼굴이 나왔다 싶었는데 이 사람이라니.

그녀가 신랑의 친구인 것은 알고 있었다. 하지

만 그녀의 현재 남편이자 나의 옛 애인이기도 한 남자와 함께 해외로 이주해서 결혼식에 참석하지 않는다고 안심하던 상황이었다.

평생 볼 일이 없는데 이런 식으로 나만 만나게 되다니. 아니 이것을 '만났다'고 하는 것은 너무 감상적인가.

이별 당시를 돌아보니 그 남자를 잊는 것보다 만난 적도 없는 이 여자를 잊는 것이 내게 훨씬 힘들었다. 실연의 아픔은 이윽고 안개처럼 사라졌지만 그녀만큼은 그렇지 않았다.

그녀와 나 사이에 공통의 지인이 있을 정도로 멀지 않은 거리였다. 전 남친과 나에게 무슨 일이 있었는지 전혀 모르는 사람에게 갑자기 따귀를 맞는 것처럼 그녀의 새로운 근황을 듣게 되는 일이 몇 번이나 있었다.

그럴 때마다 나는 사랑받을 가치가 없는 여자라는 생각이 지워지지 않았다. 사랑받을 가치가 없다는 사실을 몇 번이고 인두처럼 살갗에 새기는 것이 그녀의 존재였다.

실연의 그라운드 제로에서 다시 일어서는 일은 쉽지 않았다. 뇌리를 스치는 그녀의 얼굴이 역도 선수의 암모니아처럼 나를 분발하게 만들기도 하고, 한편 꽁무니를 빼고 싶은 곤란한 상황에 부딪히게도 했다. 감사 인사를 할 마음은 없지만, 나는 꽤 애를 썼다. 정말 정말로 잘해냈다.

그로부터 꽤 시간이 흘러 나름 정신을 추슬렀고 어느새 암모니아가 완전히 휘발해버렸다. 스크린에 커다랗게 비치는 그녀의 미소 띤 얼굴을 봐도 가슴이 무너지는 감정이 전혀 끓지 않았다. 불쾌한 사고였지, 하고 쓴웃음을 지을 뿐. 살짝 씁쓸하긴 했지만 그것이 맞는 감정일 것이다.

현실이 소설보다 기묘하다고 하더니 이날은 정말 그랬다.

"오랜만이네요" 하는 소리에 돌아보니 그 남자가 나와 만나기 바로 전 여친이 서 있었다. 스크린에 나오는 다음 여친(아내)을 등지고 전전 여친과 나. 그리고 당사자인 남자의 부재. 이 무슨 상황인가.

남자와 사귀던 당시 나는 이 여성에게 꽤 질투를 했다. 내게 부족한 것을 모두 갖고 있는 듯 느껴졌다. 외모나 취미, 모든 면에서 나보다 훨씬 그와 잘 어울린다고 생각했기 때문이다.

그런 생각이 든 것은 나의 자존감이 너무 낮았기 때문일 것이다. 남자와 헤어지고도 한동안 나는 내내 그렇게 믿었다. 하지만 오랜만에 전전 여친을 만나고 보니…

역시 그 남자에게는 이 사람이 맞지 않았을까 하

는 느낌이 들었다.

쓸데없는 오지랖이지만 퍼즐처럼 딱 어울리는 것은 현재의 아내도 나도 아니라 그녀다.

마치 두 사람이 오랜 세월을 함께한 듯 풍기는 분위기가 같다. '그 후 계속 그 사람과 함께 살고 있어요'라고 해도 충분히 믿어질 정도다. 매일 아침 같이 홍차를 마시고, 매일 밤 같은 침대에서 잠을 잘 것만 같다.

당신과 그가 헤어지지 않았다면 그와 내가 사귀는 일도, 스크린 속 여자에게 불쾌한 감정을 갖는 일도 없었을 텐데.

"인생은 참 알 수 없군요."

가벼운 수다 후 전전 여친이 내게 말했다. 정말 그렇다. 우리 세 사람 인연의 실타래 끝이 오늘이라는 것이나, 자존감을 회복한 내가 새삼 당신과 그가 딱 어울린다고 생각하게 된 것도 전혀 예상하지 못한 일이다.

의자만 보이면 쏜살같이 앉는다, 그거 저거 하는 지시대명사가 아니면 대화가 이어지지 않는다, 젊은 배우의 얼굴이 하나같이 똑같아 보인다 등등. 세상에는 다양한 '아줌마 증상'이 있다. 당신은 몇 가지나 실감하는지.

얼마 전 내가 새롭게 발견한 것은 '가장 인기 있는 게 뭐죠?'이다. 몇 년 전까지만 해도 이런 말은 절대 입 밖에 내지 못했다. 왜냐고? 유행에 뒤떨어졌다는 인상을 주기 싫었기 때문이다! 그런데 어느새 아무렇지 않은 것이다.

나는 원래 허세가 심하다. 아는 체하는 것이 특기 중의 특기이고, 실패해서 사람들에게 부정적인 인상을 주는 것을 끔찍이 싫어한다. 그런 내가 이제는

'입소문을 듣고 왔는데 하나도 모르겠다. 지금 가장 유행하는 것을 원하니 그것을 달라'는 욕망을 고스란히 표출하는 것이다.

솔직해서 좋다고 한다면 그도 그렇지만 뭐랄까, 본인의 무지에 대해 일말의 거리낌도 완전히 사라졌다는 사실이 놀랍다. 사람이 이렇게도 변하는구나….

더 당황스러웠던 것은 점원에게 반말로 물어봤다는 사실이다. 젊은 사람에게 가볍게 말을 잘 놓는 것도 '아줌마 증상'의 기본이다. 상대방 입장에서는 당황스럽기 그지없다. 잘 알지도 못하는 사람이 아닌가. 정말 미안합니다.

'잘 모르면서 어린 친구들의 유행을 따르는 것이 거북하다'는 수치심이 싹트는 시기가 삼십 대 초반이었다면, 사십 대는 낯 두껍게 다시 그것에 편승하는 시기가 아닐까 싶다. 물론 사람마다 다르겠지만 내 주변은 그런 경향이 있다. 그리고 모두 히죽거리며 잘도 한다.

자신의 능력보다 2단 정도 높은 뜀틀을 향해 아무 생각 없이 실실 웃는 낯으로 달려 나가는 것이 우리 나이다. 넘어져서 실패해도 대개는 문제가 없음을 체감했기 때문이다. 좋은 것인지 나쁜 것인지, 글쎄.

삼십 대 초반의 한 여성으로부터 문득 유행을 좇는 무리가 자기보다 나이 어린 친구들뿐이라는 사실을 깨닫고 상처받았다는 푸념을 들었다. 이른바 '겉돈다'는 느낌일 것이다. 자신이 유행의 한가운데 있던 시절에 거북스러운 연장자를 본 기억이 머릿속에 강하게 남아 있는 것일지도 모른다.

우리로 말하자면 그런 기억도 이미 가물가물 희미해졌다. 한창 '인싸템'이라 소문난 타피오카 밀크티 전문점엔 마치 딸과 함께 온 듯한 얼굴로 긴 줄에 합류한다. 마흔을 넘긴 우리 중년에게 타피오카 붐은 벌써 세 번째다.

잘 아는 맛이라 생각하고 있었더니 이번 타피오카는 조금 따뜻하다든지, 알이 커서 또 다른 느낌이다, 이런 식의 놀라움도 의연하게 받아들일 수 있다. '이것 봐, 우리 때 먹은 것하고 맛이 다르네!'라며 동행한 사람들과 하하 호호 한바탕 웃어젖힌다. 주위가 온통 어린 친구들뿐이라면 마치 딴 세상에 온 듯한 고양감마저 생겨 점점 더 텐션이 오른다. 완전 겉도는 존재지만, 뭐 상관없다.

다시 말머리를 돌려 내가 가장 인기 있는 것이 무엇인지 물었던 곳은 바나나주스 상점이었다. 업무차 들른 곳에 TV에서 소개한 인기 맛집이 있어서 찾아갔다. 'TV에서 소개했다'는 것도 내가 본 것이 아니라 실은 지인의 얘기다. 입소문으로 떠도는 TV 정보를 곧이곧대로 믿고 찾아다니는 이들을 바보스럽게 여기던 시절이 있었건만.

과한 허영이 줄어드는 것은 바람직하지만, 이런 추세로 계속 가다간 그리 머지않아 왕성한 호기심만 남은 어린애 같은 노인이 되지 않을까.

어쨌거나 본인이 즐거우니 좋은 것이라 치고. 남에게 큰 폐만 끼치지 않고 살도록 조심해야지.

지구 멸망 전날 밤이 가장 자유롭다

본질적으로 중요하진 않지만, 화제에 오르면 그럭저럭 불타는 '지구 멸망 전날 밤 무얼 먹고 싶은가?'라는 질문. 나는 오랫동안 '뷔페'라고 대답해왔다. 그러면 대개 '뷔페는 요리가 아니잖아!'라며 한바탕 웃음이 터지고 분위기가 화기애애해진다. 언제나 조금도 다르지 않은 전개다. 그런데 나로서는 웃음을 노린 것이 아니라 깊은 고민 끝에 얻은 대답이다.

아니, 지구 멸망 전날 밤이잖아. 나쁜 일도 하지 않고 살았는데, 죽는다. 이것만큼 불합리한 일이 어디 있나? 아니, 없다. 그런데 그 직전에 먹고 싶은 것을 하나만 고르는 일이 대체 가능한가.

애당초 당황해서 올바른 판단을 할 리가 없다. 흥분으로 이성을 잃고 펄펄 끓는 그라탱을 삼키다 심한 화상을 입고는 '이게 아닌데…'라며 흐늘흐늘 까진 입천장을 혀끝으로 문지르며 지구와 함께 멸망한다면, 분하지 않을까. 인생 최후의 실패가 입속의 화상이라니. 이것보다 무기력한 일이 어디 있을까.

다음 날 지구 멸망이 확정이니 "국에 덴 놈이 냉수를 불고 먹는다자라 보고 놀란 가슴 솥뚜껑 보고 놀란다와 비슷한 의미의 속담"도 힘들다. 만회하지 못한 채 실패를 가슴에 묻고 이 세상을 떠나야 할까. 그렇다면 맛은 다소 떨어지더라도 최대한 많은 요리를 맛보면서 '안녕 돈가스덮밥', '고마워 카레'라며 마지막 작별의 아쉬움을 나누고 싶다. 오랫동안 나는 진심으로 이렇게 생각했다.

그런데 최근 또다시 질문을 받고 아무래도 더 이상 '뷔페'라고 호기롭게 말할 나이도 지난 듯해 새로운 대답을 궁리했다. 일생일대 충격적인 일이 일어나는 것이므로 전날 밤은 평소와 다름없이 조용히 보내고 싶다. 적어도 상상으로는 그런 어른스러운 선택이 가능할 듯싶었다.

어른스러운 최후의 만찬, 예를 들면 닭고기와 달걀과 파가 들어간 따뜻한 소바는 어떨까. 유자 껍질이 살짝 얹혀 있고, 감사의 마음이 주마등처럼 흘러가는 가운데 차분하게 음미한다. 으흠, 나쁘지 않아. 적막한 방에 국물 마시는 소리가 울릴 듯하다. 배가 금세 고플 것 같으니 영양밥으로 만든 주먹밥을 곁들여볼까. 영양밥에는 유부를 잘게 채 썰어 넣는 것을 좋아한다.

하지만 솔직히 말하면, 메밀이 아니라 우동을 먹고 싶다. 라면이랑 파스타도 먹고 싶다. 그러나 나는 가벼운 글루텐 알레르기 체질이다. 마지막이니 좋아하는 밀가루 음식을 게걸스럽게 먹고 이상한 포만감과 두통에 시달리며 죽고 싶지 않다. 그래서 소바도 순 메밀이 좋겠다.

가수 야노 아키코의 히트송 '라면 먹고 싶어'는 알레르기 체질인 나에게 의미가 절실하다(아티스트 본인은 전혀 의도하지 않았겠지만). "남자도 괴롭지만 여자도 괴로워." 맞아, 가사 그대로 알레르기 환자는 괴롭다.

갑자기 제정신이 번쩍 든다. 이것은 최후의 만찬이 아닌가. 어차피 죽는 것이니 포만감이나 두통 따위는 아무래도 좋을지 모르겠다. 다음 날 아침 머리가 지끈거린다는 말을 하는데 콰앙 지구가 폭발한들 먹고 싶은 음식을 배불리 먹었다면 그것으로 족한 것이 아닐까.

칼로리도 신경 쓸 바가 아니다. 치즈가 듬뿍 들

어간 피자와 파스타와 팬케이크와 쿠키, 밀가루 덩어리인 그라탱, 크로켓, 버거를 배 터지게 먹은들 뭐 어떠리. 두드러기 때문에 무서워서 피하던 생굴도 한바탕 먹어버리자. 지구 멸망 전날 밤, 나는 일생 최고의 자유의 몸이 된다!

이렇게 생각하면 현재의 나는 무엇을 위해 살고 있는가 하는 생각을 다시금 하게 된다. 아마 미래를 위해서일 것이다.

내일 컨디션이 나쁘지 않도록. 다음 주 체중이 늘지 않도록. 주말에 피부가 까칠해 보이지 않도록. 미래의 내가 건강하다는 것은 자제심과 끊으려야 끊을 수 없는 관계일 것이다. 말하자면 궁극의 목표는 건강한 죽음! 그런데 이런 것이 있나?

자신에게 소홀하게 사는 것을 일컬어 자포자기라 하는데, 반대로 앞만 보면서 좋아하는 것을 오로지 회피하는 인생도 과연 어떨까 싶다. 그것은 그것대로 재미가 없다. 동시에 앞뒤 생각 없는 행동으로 미래의 내가 후회막급인 것도 무섭다. 나는 미래의 나에 대해 책임이 있기 때문에.

여전히 갈피를 잡지 못하고 아무래도 결국 다시 뷔페를 소망할 듯하다. 식탐이 많은 나는 지구 멸망 전에 조식을 할 시간이 있는지도 궁금하다. 아무래도 조식은 성찬이 아니겠지?

변기를 보고 새파래지다

여름 피로가 쌓였는지 최근 위가 심하게 더부룩하다. 기름진 식사를 많이 한 것도 아닌데 느끼한 음식을 먹은 듯 속이 거북하다. 이래서는 안 되겠다 싶어 집에서 식사할 때는 주로 채소와 함께 닭고기를 쪄서 먹었다.

이게 꽤 효과가 좋아서 컨디션이 좋아졌다. 그리하여 내 안에선 '찜(채소+닭고기)=건강'이라는 방정식이 탄생했다.

닭고기는 가슴살로 한정한다. 채소는 양배추를 메인으로 해서 토마토, 당근, 단호박, 가지 등 그때그때 변화를 준다. 요사이 잎채소가 좀 비싸서 이럴 때는 냉동채소를 이용한다. 브로콜리나 시금치 등.

이렇게 쪄내서 아침에는 소금만 뿌려서 먹고, 저녁에는 두유를 넣어 수프처럼 만들거나 크림치즈를 얹어 전자레인지에 돌린 뒤 검은 후추를 뿌리는 등 맛에 변화를 준다. 질리지도 않고, 낮에는 좋아하는 메뉴를 먹을 수 있어서 스트레스가 없다. 이렇게 한동안 계속하면 체중이 줄지 않을까 은근히 기대까지 품어본다.

찜(채소+닭고기) 식단을 시작하고 며칠 뒤 화장실에서 나는 변기를 보다가 얼굴이 파래졌다.

한동안 망연한 채 있다가 정신을 차리고 주머니에서 휴대폰을 꺼냈다. 검색창에 떨리는 손으로 쓴 단어는 '하혈'. 변기 아래가 새빨갛게 물들어 있었기 때문이다.

내 나이부터 그 위 세대는 대부분 쇼와 천황의 서거를 기억할 것이다. 지금 생각하면 믿기 힘든 일이지만 TV에서 매일 '토혈', '하혈' 등 상세한 병세를 뉴스 속보로 전했다. 빨갛게 물든 변기 속의 물을 보고 나는 얼마간 죽음을 각오했다.

대장암? 위암? 하반신에 아무것도 걸치지 않은 채 불안한 마음으로 화면을 스크롤했다. 그런데 뭔가 다르다. 나의 '하혈'은 뭐랄까, 훨씬 팝한 컬러다.

불현듯 생각이 머리를 치며 이번에는 '보르시 러시아식 수프'

를 검색. 아, 아무래도 이쪽에 가깝다. 붉은 자줏빛 마젠타가 강하다. 나는 휴 가슴을 쓸어내렸다. 깃털보다 가벼운 경박함.

오늘 아침의 찜 채소에 비트가 있었다. 자주색에 가까운 색소를 함유한 새빨갛고 아름다운 채소. 맛이나 식감이 우엉이랑 비슷한 그것. 변기의 빨강은 비트의 빨강이다. 이런 색소가 그대로 나온다니 전혀 몰랐다. 요즘엔 친숙하지 않은 채소도 많이 늘었다. 싸게 팔면 아무 생각 없이 집어 든다. 그 결과가 지금 이것이다.

'바보구나' 하며 이마를 치지만, 이 나이가 되면 그런 말이 그리 낯설지도 않다. 역시 종합 건강검진은 빼먹지 말고 꼭 받아야겠다고 새삼 다짐했다. 중년 들어 뻔뻔하고 유들유들해지지만 내장만큼은 예민하다.

영국 홍차로 엉덩이를 닦아도
생활이 블링블링하지 않다

온라인으로 화장실 휴지를 즐겨 산다. 집까지 옮기기 귀찮아서가 아니다. 마트보다 온라인 쇼핑이 종류가 더 다양하기 때문이다.

상점에는 1겹이나 2겹, 무늬가 있고 없고, 향기가 있고 없고 정도밖에 선택 사항이 없는 데 반해 인터넷은 그야말로 망망대해다. 네피아, 스카티, 에리엘, 크리넥스 같은 고급 제품은 물론이고, 3배 5배 더 긴 슈퍼롱, 2겹을 넘어 3겹, 장미 외 백단향이 나는 제품도 있다.

캐릭터 프린트도 종류가 풍부하다. 좋아하는 미피 캐릭터가 프린트된 제품을 사본 적이 있다. 그런데 생각해보니 미피로 왜 더러운 엉덩이를 닦는지 슬퍼져서 미피와 엉덩이의 만남은 한 번으로 끝냈다.

'영국의 홍차 타임'이라는 우아한 이름의 화장지도 발견했다. '뭐지?' 하고 생각하면서도 어느새 손은 구매 버튼을 누르고 있었다. 배송을 받자마자 옅은 블루 컬러의 롤을 손에 쥐고 눈을 감은 채 천천히 숨을 들이켰다. 왠지 홍차 향이 나는 것도 같다. 포장에 인쇄된 광고 문구에는 캐모마일티 향이라고 씌어 있다. 아니, 잠깐만…. 그건 홍차가 아니잖아. 이런 사기를 영국인이 안다면 눈살을 찌푸리지 않을까.

그 후에도 자매품인 '남극의 홍차 타임'을 또 주문했다. 영국의 대비가 남극이라는 것도 참으로 어설프다. 이번엔 핑크색이고, 트로피컬 프루티 향이다. 그렇다고 하니 그런 것도 같다. 말하지 않으면 전혀 알아채기 힘든 수준이지만.

이 두 제품이 특별히 질이 좋은 것도 아니다. 가격이 싼 것도 아니다. 향기도 그럭저럭. 하지만 나는 두 번 세 번 재구매했다. 왜일까? 아마도 '영국'이나 '남극'이나 '홍차' 등으로 포장한 브랜드 네이밍에 넘어갔기 때문일 것이다.

생각해보면 기가 막힌 일이다. 식탁을 풍성하게 만들어주는 기호 식품을 화장지에 조합하는데도 나는 아무런 위화감이 없다. 일을 본 뒤 엉덩이와 그곳을 닦는 종이에 허브티를 조합하는 심리 상태가 아무렇지 않다.

그런데 잠깐만. 냉정하게 원점부터 생각해보자. 대체 '허브티를 조합하는 심리 상태'란 뭔가. 내 경우를 말하자면 허브티를 마시는 행위가 '맛있다'고 느끼기 때문이거나, 효과를 느끼기 때문이 아니다. 마시면 생활이 우아하고 화려하게 느껴지기 때문이다. 딱 이 정도의 심리 상태다.

허브티의 효과와 효능은 건강 증진이 아니라 우아하고 화려한 생활의 연출에 있다. 그래서 엉덩이와 연관되어도 나는 전혀 이질적인 감각이 없었던 것이다. 입으로도, 엉덩이로도 즐긴다…. 품위 없지만 일종의 허영심임에는 틀림없다.

사람들은 나를 덜떨어졌다고 할 것이다. 아무래도 괜찮다. 이대로 잠깐 꿈을 꾸고 싶다. 허브티를 마셔도, 영국 홍차로 엉덩이를 닦아도 생활이 블링블링해지지 않는 것쯤은 나도 너무나 잘 알고 있기 때문이다.

요즘엔 '하나타바Hanataba꽃다발이라는 뜻'라는 화장지에 꽂혔다. 마트나 인터넷에서 눈에 띄면 이것을 산다. 지난 코로나 초기 난리 통에 화장지가 일시 품절되는 사태가 있었다. 갑자기 사재기를 해대는 아비규환의 시민들을 안정시키기 위해 유통 체인인 이온에서 거대한 화장지 판매장을 만들었다. 이때 수북하게 수백 팩 산처럼 쌓여 있던 화장지가 바로 하나타바였다.

당시 정체된 원인은 생산보다 물류 쪽이어서 이온에서는 트럭 수배까지 했다고 한다. 대형 기업 이온의 의지도 대단하지만, 이에 호응한 제지 회사의 재고도 놀랍다.

이후 내게 하나타바의 패키지는 안심의 상징이 되었다. 이 브랜드에서는 잉글리시 라벤더 향이 나는 화장지가 출시된다. 그냥 라벤더가 아니라 잉글리시 라벤더다.

허영심을 또 부추긴다. 그런데 어째서 나는 영국의 뭔가로 엉덩이를 닦고 싶어 하는 것일까.

중년의 즐거운 쇼핑
~일촉즉발 편~

저질렀다, 오랜만에.

그날 나는 조금 고급 실내 방향제를 사고 싶어서 셀렉트 숍을 찾았다.

좋든 싫든 집에 있는 시간이 많아져서 새 코트를 사기보다 집 안을 안락하게 만드는 데 더 관심을 갖게 되었다. 그런 시대다. 평소와 다른 곳에 소비를 하자. 슈퍼마켓의 채소는 가격 인하 시간대를 노리지만, 고급 방향제를 정가에 구입할 정도는 열심히 일하고 있다고 생각한다.

숍 안에는 난생처음 보는 브랜드의 제품이 가득 진열되어 있었다. 스틱에 코를 가까이 대고 킁킁 냄새를 맡으니 인정하고 싶지 않지만 왠지 가격과 향이 비례하는 듯했다.

고액일수록 '장미 향'이라든지 '백합 향' 같은 향이 강하게 풍기지 않는 것이 신기하다. 코가 돌아갈 정도로 수도 없이 냄새를 맡은 뒤 잘 모르겠지만 좋은 우디 향이 나는 제품을 들고 계산대로 향했다.

계산대까지 약 30걸음, 그 짧은 사이에 일이 벌어졌다.

오래된 가죽 브랜드의 팝업 스토어가 눈에 들어온 것이다. 멋진 발색의 고급 백이 유혹하듯 진열되어 있다. 이것을 들고 마음껏 외출하는 모습을 그려본다.

약간은 감상적인 마음으로 작은 백을 지긋이 바라보았다. 함부로 만지면 혼날 것 같은 느낌이 들었기 때문이다. 이렇게 조용히 쳐다보면 점원이 다가와 안을 보여주겠지 기대했다. 점원은 2m 앞쪽에 서 있었다. 그런데 몇 번이나 눈을 마주쳤음에도 꼼짝도 하지 않는 것이다. 예전에는 '보기만 하는 거니 점원은 오지 말았으면' 하고 생각했는데, 나이가 드니 얼굴이 발뒤꿈치 각질처럼 두꺼워져서 사든 안 사든 점원의 안내를 받고 싶다.

그러나 점원은 아무리 기다려도 응대를 하지 않았다. 아, 얕보는 거구나. 내가 절대로 구매하지 않을 손님이니 열심히 상대하지 않아도 매상에 영향이 없다고 생각한 것이다. 이보세요, 미안하지만 얕보이면 나는 화가 치밀거든요.

"안을 좀 보여주시겠어요?"

최대한 부드럽게 요청했다. 점원은 공손하게 장갑을 끼고 다가오기는 했지만, 여전히 팔겠다는 의지가 눈곱만큼도 느껴지지 않았다. 어떤 상품이고, 어떻게 들면 예쁜지 등의 상품 소개가 전혀 없다.

틀에 박힌 영혼 없는 미소를 띠고 주머니 스타일의 가방을 내 쪽으로 살짝 기울여 보여주었다. 가방 입구가 완전히 벌어질 즈음 마침내 점원이 입을 열었다.

"23만 엔입니다."

'못 사겠죠?'라는 듯한 어투. 아~ 그렇구나, 나는 의연한 표정으로 딱 버티고 서 있었다.

이런 상황이 되면 유치하게도 자제심이 통제되지 않는다. 마음속의 작은 내가, 전투 모드에 들어간 바깥쪽의 나에게 '그만둬~~~~!!'라며 큰 소리로 경고하지만 이미 소용없는 일이다.

"이걸로 주세요."

귀를 의심했다. 분명 내 목소리였다.

점원은 허를 찔린 듯한 기색이었다! 지금 생각해도 히죽 웃음이 난다. 이렇게 비가 많이 오는 날 매상을 올리게 되었으니 더 기쁜 표정을 보여주셔야죠! 그때 나는 매우 거만하게 보였을 것이다. 참 품위 없다. 쇼핑이 이기고 지는 승부도 아닌데.

나중에 바보 같은 짓을 했다고 생각했지만 좋은 물건이기도 하고, 갖고 싶었던 것이니 그냥 넘어가기로 했다. 한동안 여행을 가지 못했고, 외식도 거의 없었다. 이 정도 저축은 했던 셈 치자.

집에 돌아와 쇼핑백을 열어보니 주머니 모양의 백은 생각보다 사이즈가 훨씬 작았다. 마치 쪼잔한 나의 마음이 구체화되어 눈앞에 나타난 것 같았다.

구입하고 한 달이 지났건만 작은 백은 여전히 옷장 안에 그대로다. 가지고 나갈 일이 아예 없다. 상쾌한 향기를 내뿜는 실내 방향제야, 그때 왜 나를 말려주지 않았니.

중년의 즐거운 쇼핑
~운명의 만남 편~

가늘고 길고 심플한 체인 목걸이. 색은 연한 골드면 좋겠다. 하지만 좀처럼 눈에 띄지 않는다.

가능하면 길이가 다른 두 줄짜리가 좋겠다. 그러나 없다. 있어도 너무 짧거나, 너무 크다. 포기하는 수밖에 없겠지.

아쉬움이 가득하던 여름 막바지 어느 날, 나는 드디어 만나고 말았다. 딱 머릿속에 그리던 목걸이를 의외의 장소에서 찾았다.

300엔 정도 가격의 상품을 주로 판매하는 잡화 브랜드 스리코인스3Coins라는 곳이다. 300엔이지만 300엔처럼 보이지 않는 물건을 구입할 수 있다. 그렇다고는 해도 내가 그리 간절히 찾는 가늘면서 길고 심플하면서 연한 골드 컬러의 두 줄 체인 목걸이가 실제 있으리라고는 전혀 기대하지 않았다. 아니, 이런 놀라운 발견이.

상점 거울 앞에서 시착해보니 이것은 신데렐라의 유리 구두 같다. 완전히 딱 맞춤이다. 가벼워서 목에 부담스럽지 않은 것도 좋았다.

가격이 너무 저렴하니 끊어질지도 모른다. 만일에 대비해 두 줄 구매했다. 합계 600엔이다. 잡지보다 싸다!

너무 마음에 들어서 흥분한 나머지 상점을 나오자마자 잠금쇠를 풀지도 않고 바로 시착해보았다. 거울이 있는 건물 기둥을 볼 때마다 싱글벙글 웃으면서 걸음을 멈춰 섰다. 과하지 않으면서 두께까지 적당해 가슴팍 위에서 존재감이 돋보인다. 이거야, 이거. 그렇게도 찾던 것이 이 목걸이야!

약속한 친구와 눈이 마주치자마자 100m 정도 떨어진 거리에서 '이거 300엔이야!'라며 목걸이를 당기면서 고꾸라질 듯 자랑했다. 친구도 분위기를 파악하고 '절대 그렇게 안 보이는데!'라며 기대에 호응해 맞장구를 쳐주었다. 기분 좋은 환상의 호흡이다. 고맙다, 친구야.

구입한 다음 날부터 거의 매일 목을 빛내주는 영혼의 목걸이가 되었다. 많은 사람의 칭찬을 들었다. 그럴 때마다 '300엔이야!'라며 우쭐해져서 기분이 좋았다. 300엔이라는 자랑까지 덤으로 할 수 있다니 이만저만 기특한 것이 아니다.

그리고 여기에는 나이 든 사람에게만 한정된 트릭이 있으니, 만약 내가 이십 대였다면 1500엔 정도의 상품으로 보였을 것이다.

하지만 중년은 다르다. 당당하게 300엔의 목걸이를 하고 다니리라고는 누구도 생각하지 않는다. 싸게 어림잡아도 1만 5000엔 정도로 보일 것이다. 얼마나 대단한 마법인가! 300엔을 1만 5000엔으로 만들어주는 나이 든 사람만의 마술. 50배다, 50배.

연한 골드 컬러 목걸이라고 했지, '골드'라고는 하지 않았다. 아마도 놋쇠에 얇게 색을 입혔을 것이다. 그 때문인지 몇 번 사용하니 목에 닿는 부위가 검게 변색되었다. 하지만 판매한 브랜드를 탓할 수 없다. 고작 300엔이니 아쉽지도 속상하지도 않다.

값이 비싼 상품이라면 손질에도 세심하게 주의해야 한다. 하지만 300엔이니 그럴 필요가 없다. 스마트폰으로 검색해서 구연산으로 색을 되살리는 방법을 알아냈다. 벌벌 떨 필요도 없이 과감히 구연산을 녹인 따뜻한 물에 목걸이를 퐁당 넣었다.

이렇게 10분을 기다렸더니 거짓말처럼 선명한 색으로 되돌아왔다. 살짝 핑크 골드 느낌이 나는 것으로 보아 어쩌면 변색이 되었을지도 모른다. 몇 번이고 말하지만 300엔이라 그리 아쉽지 않다!

덕분에 참 즐겁다. 이것이야말로 그 옛날 잡지 등에서 유행어처럼 수없이 말했던 '칩 앤드 시크cheap & chic'가 아닐까. 인생 반환점에서 드디어 이를 체험하게 되니 감회가 새롭다. 나이가 있는 여성이니 고가의 액세서리를 할 것이라는 세상의 편견을 뒤엎고 사람들의 눈을 속이는 재미라니.

수납력이 전혀 없는 20만 엔의 가방을 사는 어리석음도, 300엔의 저렴한 목걸이를 사는 즐거움도 모두 중년의 사치라고 하자.

어쨌든 즐기며 살아야지, 그게 최고다.

그럭저럭
행복하다

④

'화났어?'라는 말은 제발 그만!

애인에게 '화났어?'라는 말을 듣는 것처럼 어처구니없는 일이 없다. 꼭 화가 나지 않았을 때 이렇게 묻는다. 각각 다른 상대에게 몇 번이나 비슷한 경험이 있다.

그러면 나는 당연히 부정한다. 화나지 않았다는 것을 보여주기 위해 미소까지 짓는다. 그러면 그는 '거짓말. 화났으면서'라고 아무렇지 않게 나를 괴롭힌다. 아주 성가시다.

애당초 '비 와?', '안 와', '아니, 절대 오고 있어!'라든지 '배고파?', '안 고파', '거짓말쟁이!'라는 대화가 타당한가.

상대가 부정하면 이를 존중하는 것이 대화의 기본이다. 그럼에도 '화났어?'라는 말만큼은 묻는 쪽이 일방적으로 답을 결정하는 구조다. 이상하다. 너무 이상한 일이다.

상대 입장에서는 미소까지 띠고 있는 것이 한층 불쾌해 보이기 때문에 몇 번이고 묻겠지만, 내게는 분노 말고도 다양한 부정적인 감정 베리에이션이 있다. 예를 들면 실망, 낙담, 상처, 슬픔…. 이를 뭉뚱그려 '화'라는 상자에 한데 몰아넣는 것이 분통 터진다. '화났어?'라는 말을 듣는 순간 욱하고 진짜 분노가 차오른다. 내 입장에서는 '그 말을 듣는 순간에 화가 끓어올랐다'이지만 상대는 '거봐, 역시 화났네' 하고 의기양양하다.

화내는 것은 당연히 부끄러운 일이라는 식으로 슬며시 조롱까지 섞으니 더 화를 돋운다! 화났다고 일방적으로 단정하면서, 심지어 비난까지 하니 규정 위반도 정도가 있다.

그들이 실망과 낙담과 상처와 슬픔 같은 감정의 존재를 모를 리 없다. 그럼에도 왜 '화났어?'로 일괄 집약하는가 하면, 상대의 실망과 낙담과 상처와 슬픔을 인정하면 자신이 가해자임을 인정해야 하기 때문일 것이다. 나쁜 놈이 되고 싶지 않은 것이다.

화를 열등한 감정으로 설정하고 이를 얼버무리는 방식은 일종의 톤 폴리싱tone policing이라고 할 수 있다. 톤 폴리싱이란 피해자가 분노에 차서 하는 어필에 '그렇게 화내지 말고'라며 발언의 내용에 귀 기울이지 않고 오히려 화자話者의 태도를 나무라는 것이다. 상대도 당황해서 그렇게 말이 나왔을 수 있지만, 화를 낸 당사자 입장에서는 태도를 지적받을 이유가 없다. 물론 화를 담아 발언한 것에 대한 리스크는 일부 본인이 책임져야겠지만.

'나는 절대 그런 말은 안 해!'라고 화가 머리끝에 오른 순간 번뜩 기억이 떠올랐다. 그랬지, 어릴 때 엄마한테.

'화났어?' 하고 물으면 엄마는 대개 '아니, 안 났어' 하고 시큰둥하게 말했다. 그러면 나는 '역시 화났네!' 하고 살짝 목소리를 높였다.

지금 생각하면 엄마는 내가 맘을 몰라주는 것이 서운해 상처를 받았을 것이다. 나는 엄마가 상처받은 것을 이해하려 하지 않았다. 어리기는 했지만 그래도 솔직하게 사과했다면 좋았을 텐데.

무슨 인과응보인지 수십 년이 흘러 거대한 부메랑이 이마를 찌르는 느낌이다. 엄마, 그때 실망시켜서 미안해요.

집착도 젊을 때나 하는 거지

얼마 전 나이 어린 지인이 작업실로 찾아왔다. 이런, 무슨 일이야. 눈이 퉁퉁 부어 있다. 놀라서 연유를 물어볼 겨를도 없이 그녀의 큰 눈동자에 눈물이 가득 고이더니, 표면장력을 이기지 못한 눈물방울이 주르륵 뺨을 타고 흘러 굵은 선을 그렸다. 세상에, 화장이 지워지잖아.

뭔가 좋지 않은 일이 있는 모양이군. 좋아, 아줌마에게 맡기셔. 무슨 말이든 들어주고, 무슨 일이든 해결해줄 테니. 나는 팔을 걷어붙이고 그녀를 의자에 앉혔다.

"남친하고 싸웠는데 메시지를 일주일이나 읽지 않아요."

간신히 짜낸 목소리다. 그렇겠네, 그 문제라면 속상하지.

이대로 자연스레 관계가 흐지부지되지 않을까 불안해서 떨쳐내려 해도 계속 생각하게 된단다. 나는 아득해졌다. 그립네. 너무 그리워. 어디로 간 것인가, 나의 그날들은.

그녀의 애인은 나이 차이가 꽤 나는 연상이고 오히려 내 쪽에 더 가깝다. 나는 부드럽게 말해주었다.

"마흔이 넘은 사람한테 일주일은 젊은 사람들 하루나 사흘 정도랑 비슷해."

아니, 이거 진짜다. 어제 월요일이었는데 어째서 벌써 목요일인가? 타임 슬립을 한 게 아닌지 의심할 때가 한두 번이 아니다.

일주일이나 메시지를 읽지 않는 것은 칭찬할 태도는 아니지만 그런 능력치가 낮은 남자를 고른 것은 그녀이고, 상대는 사흘 정도로밖에 체감하지 않을 것이다.

물론 이렇게 말하는 나도 그녀와 비슷한 나이에는 '메시지 답장을 어떻게 이틀이나 안 해!'라고 화를 내며 길길이 날뛰기도 했다. 그런 놈은 신경 끄고 내버려둬야지! 격분해서 원룸 바닥에 엎드려 으으으으으으으 맹수 같은 소리를 질러댄 적이 한두 번이 아니다.

사십 대 중반이 되니 그런 일은 거의 없어졌다. 나이를 먹고 세상을 보는 눈이 현명해져서가 아니다. 단지 집착을 유지하는 근육 같은 것이 축 늘어져버렸기 때문이다.

나이를 먹으면서 약해지는 것이 비단 복사근이나 내전근만이 아니다. 생각대로 되지 않는 것에 집착을 유지하는 힘, 즉 집착근도 현저하게 저하된다.

그 결과 숨이 막힐 정도의 나쁜 망상이 현실까지 좀먹는 일은 거의 없어졌다. 얼마나 평화로운지. 나이가 들면서 근력이 저하되는 것에 좋은 효능도 있다. 내내 울고 있는 그녀를 보면서 나는 신중하지 않게도 이런 생각에 빠졌다. 갑자기 새삼 그때가 살짝 그립기도 하다. 정말 어디로 간 것이냐, 미치도록 날뛰던 집착 근육들.

서른한 살 때 심한 이별을 하고 반년 이상 매일 들었던 곡이 존 레전드의 '오디너리 피플Ordinary People'이다.

이건 영화도 아니고 동화 같은 결말도 아니야.
우리는 단지 보통 사람일 뿐이야.
어디로 가야 할지 헤매기도 하지.
좀 더 천천히 하는 게 좋겠어.

이런 가사에 위로를 받았다. 이른 아침 오모테산도에서 이 노래를 들으며 눈물을 흘리다가 개

똥을 밟은 일은 아마 평생 잊지 못할 것이다. 냄새가 진짜 지독했지.

지금 돌이켜 생각하면 단순한 집착일 뿐, 관계는 이미 훨씬 전에 끝났다. 나만 괜한 망상에 사로잡혀 있었다는 것을 이제는 분명히 안다.

"사랑이 끝나더라도 상대를 무리하게 불러내서 비난하는 일은 절대 하지 않는 게 좋아. 내가 해본 적이 있는데 아무것도 달라지지 않고, 오히려 혐오감만 들더라고."

위로의 뜻으로 그녀에게 이렇게 말했는데, 아무래도 너무 앞서간 것이 아닌가 싶다.

포켓몬 GO 붐을 기억하시는지. 아직도 하시는 분이 있다. 끈기가 있다고 해야 할지, 성실하다고 해야 할지 이런 사람은 성격이 엿보인다. 채 반년이 안 돼 앱을 삭제했지만 나도 하기는 했다.

뭔가 폭발적으로 유행하면 공통적으로 밝은 뉴스가 나온 뒤 부정적인 뉴스가 늘어나는 경향이 있다. 포켓몬 GO도 그랬다.

긍정적인 뉴스 중 가장 많았던 것이 '은둔형 외톨이가 외출하게 되었다'든지 '노인이 밖으로 나와 걷게 되면서 허리와 다리 운동을 하게 되었다'는 내용이다.

그 후 봇물처럼 터져 나온 부정적인 뉴스는 '공

원에 사람이 너무 몰려서 인근 주민에게 피해를 준다'는지 '걸으면서 스마트폰을 보거나 운전 중에 게임을 해서 위험하다' 등이다. 실제로 안타까운 큰 사고도 있었다.

틀림없이 이들은 문제지만 해결책 모색보다 유행을 탄 무리를 일방적으로 야유하고 부정성을 부각시킨 것이 아니었나 생각한다. 게임에 너무 몰두해서 타인에게 폐를 끼친다는 식이다. 유행에 미간을 찌푸리고 싶은 마음은 이해하지만 직접 해보지도 않고 무조건 이래저래 탓하는 태도도 탐탁지 않다.

시도도 해보지 않고 '유행을 좇는 것은 바보짓'이라며 굳이 거스르는 태도야말로 성숙하지 않다. 이십 대의 내가 그랬다. 여러 유행을 삐딱하게 보면서 공연히 거부감만 앞세웠다. 호불호를 떠나 공허한 우월감이 결과적으로 나의 눈을 흐리게 한 것이다.

그래서 포켓몬 GO는 론칭과 동시에 시작했다. 잉어킹도 열심히 100마리나 모았다. 어디서? 우에노의 시노바즈노이케에서!

2016년 8월 초, 평일 밤 9시. 나는 동료와 함께 시노바즈노이케를 찾았다. 잉어킹뿐 아니라 다양한 포켓몬이 대량으로 출몰하는 장소라고 해서 연일 많은 사람이 모인다는 말을 들었다.

'아무리 그래도 평일 밤인데 얼마나 오겠어…' 하고 얕잡아 생각했다. 지금도 생생하다. 야밤에 시노바즈노이케에 우글거리던 사람들의 모습. 밤에는 특히 인적이 드문 곳이건만 눈대중으로도 500명 이상이 북적였다. 야외지만 지금 돌이켜봐도 꽤 밀집한 수준이다.

이런 일이 일어나리라고 당시 누구도 예상하지 못했다. 남녀노소를 막론하고 연못 주위에 우글우글. 위로는 육십 대가량으로 보이는 부부에서 아래로는 십 대 후반까지. 한밤중에 거의 모든 사람이 노 마스크로 스마트폰의 불빛에 창백한 얼굴을 하던 시절이 있었다. 천천히 걷다가 멈춰 서 있다가 그야말로 좀비 군단 같았다. 포켓몬 GO를 하지 않으면서 이곳에 왔다면 나는 아마도 손가락질하며 웃었을지 모른다.

그러나 당시는 나도 좀비 군단의 일원이었다. 그곳에 있는 대부분이 좀비라 통행인에게 방해가 된다는 찜찜함도 없었다. 즉 더할 나위 없이 편안했다.

시류에 편승하는 것이 이렇게 기분이 좋은 것인지…. 나만 휴대폰 GPS 감도가 좋지 않아 함께 온 친구들이 "와, 삐삐가 나왔다!" 하고 희귀 몬스터의 등장에 소란스러운데도 애매하게 떨어진 지점에 있는 수수한 몬스터만 모았다.

나는 왜 항상 이 모양인지. 영국 록 밴드 좀비스의 '시스 낫 데어She's Not There'라는 곡이 딱 그 느낌이다. 나의 포켓몬만 그곳에 없다.

그 점만 빼면 오랜만에 2시간 반이나 신나게 걸어 다닌 즐거운 시간이었다. 역시 무슨 일이든 해보지 않고 비판부터 할 일이 아니다. 저스트 두 잇Just do it 한 뒤에 판단하는 것이 옳다.

그 후로도 혼자서 몇 번 시노바즈노이케를 찾았다. 우연히 친구를 만난 적도 있었다. 둘 다 전에 게임에 빠져본 적이 없어서 왠지 쑥스러웠다. 젊은 사람들의 유행에 합류하고 보니 이렇게 열심히 몰입한 것이 중고생 이후 오랜만이었다. 이것 역시 포켓몬 GO의 기특한 면이었다.

그때의 중년들은 또 무엇에 열 올리고 있을까. 집에서 링피트를 하고 있으려나.

가십은 등산과 비슷하다

나는 가십을 좋아하는 편이다. 연예인의 연애 사건이나 해외 셀럽의 화려한 생활은 기본이고, 밖으로 잘 드러나지 않는 동업자의 평판이나 친구 또는 지인의 사소한 사건에 이르기까지 흥미 본위이면서 무책임한 이야기가 아주 재밌다.

여기까지 읽고 '맞아!' 하는 사람도 있고, '뭐야' 하며 고개를 가로젓는 사람도 있을 것이다. 그러나 이런 리액션만으로 나와 같은 부류인지 아닌지 판단하기 어렵다.

'가십을 좋아하지 않는다'고 입버릇처럼 말하던 사람이 편견에 가득 찬, 심지어 악의가 없는 왜곡을 서슴없이 하는 모습을 보고 움찔한 적이 한두 번이 아니다. 그럴 때마다 '당신도 꽤 소문을 좋아하는 타입이라고!' 하는 말이 목까지 나왔다. 가십의 수위가 어느 정도면 괜찮은지는 사람에 따라 제각각일 것이다.

가십은 등산과 비슷하다. 똑같이 '등산을 좋아한다'고 해도 어떤 산을 어떤 페이스로 오르는지는 모두 제각각이다.

상대의 수준을 확인하지 않은 채 동행하면 자칫 지루하든가, 아니면 반대로 치명상을 입는 것이 등산이다. 흥미 본위로 즐기는 소문이지만 비슷한 일이 왕왕 일어난다.

내가 동행자에게 바라는 가십 등산 규칙은 대화의 휘발성이 대단히 높다는 점을 이해하고 있는가이다. 예를 들면

- 흥미 본위의 근거가 부족한 무책임한 말이므로 이 자리에서 나온 말을 여기저기 퍼뜨리지 않을 것.
- 제멋대로 나온 화제를 수다가 끝난 뒤 소문의 당사자에게 탐색하듯 확인하지 말 것.
- 아무리 심한 말이라도 출신이나 소속에 대한 레터르 붙이기성 차별적인 표현은 하지 않을 것.
- '말하지 말라고 했는데…'라며 시작하는 얘기를 할(기어이 하는 심리는 뭔가) 때는 등산 규칙을 잘 지키는 상대로 한정할 것.

소문으로 떠도는 말은 진위 여부가 불분명하고, 그 사람의 다면적인 특성의 일부분일 뿐이다. 궁극적으로는 나와 관계없는 내용이기도 하다. 나는 이 점을 충분히 인식하고 있으며, 비겁하게 즐기는 이 분야 최고를 목표한다.

같은 등산 수준이라고 확신한 상대에게 슬쩍 가십을 던져본다. 기대하던 바대로 다릿심이 보이면 싱글벙글 미소가 번진다. 며칠 전 새로운 등산 파트너를 발견해 나의 등산 욕구는 한층 더 높아졌다.

있잖아, 카일리 제너와 트래비스 스콧 커플은 재결합할 것 같지? 의도적으로 화제를 만드는 것 같아… 등등. 결국 예상대로 '오픈 릴레이션십(바람을 허용)'의 형태로 카일리와 트래비스가 다시 합치더군.

오늘날엔 나처럼 가십에 쉽게 빠지는 사람들의 꺼림직한 행태를 오히려 역으로 이용해 셀럽이 되기도 한다. 그 대표적인 예가 카일리 역시 그 일원인 카다시안 패밀리다. 카일리도 대단하지만 선구자는 차녀인 킴이다.

그녀의 남편 카네이 웨스트의 뮤직비디오 '페이머스 Famous'에서는 입소문이 자주 나는 사람이나 논란의 인물, 그 외의 문제적 셀럽과 정치인의 생생한 나체 인형과 함께 침대에 누워 있는 장면이 나온다.

악취미인 것은 분명하지만 한편으론 심연의 속마음을 들킨 듯해 등줄기가 오싹하다. 유명인이 된다는 것은 곧 끊임없이 가십을 던진다는 의미, 그러나 자칫 여기에 휩쓸리면 끝이다.

그 후 킴은 여기저기 뿌리고 다니던 가십에 스스로 발목을 잡힌 것인지 남편 카녜이와 이혼에 합의하게 된다. 카녜이도 가십이라는 마법 지팡이를 계속 휘둘러댔다. 급기야 사회문제를 일으켜 아직 속죄가 끝나지 않은 아티스트들을 새 앨범의 피처링에 참여시켜 도를 넘었다는 평을 받았다.

눈살을 찌푸리게 만드는 소문은 사람들의 마음을 사로잡는 동시에 파괴하는 힘도 지녔다. 가십은 용량과 용법을 잘 지켜서 올바로 복용해야 한다.

세 번째 불륜 기자회견을 보다

아침에 아무 생각 없이 TV를 켰더니 와이드 쇼의 예능 뉴스가 흘러나왔다. 평소와 그리 다르지 않은 비슷한 영상에 보는 듯 마는 듯 하다가 순간적으로 화면에 시선이 꽂혔다. 한 여배우가 불륜 의혹으로 기자회견을 시작한 것이다.

내가 사는 동안 이 사람의 세 번째 불륜 해명 기자회견을 보게 될 줄이야. 대단한 당신, 아름답고 무시무시하다.

혼외 연애, 이른바 불륜에 양손 들어 동조할 마음은 없지만 당사자도 아닌 이가 위협적으로 단죄하는 태도도 내키지 않는다. 누구누구가 길이 아닌 사랑을 키우든, 가족이나 절친이 아닌 이상 대부분의 사람과 아무 관계 없는 일이다.

누구나 다 이런 원론적인 사실은 잘 알고 있다. 그러나 역설적으로 이런 유의 이야기는 외부인 사이에서 더 뜨거운 법. 불륜 연애로 당사자가 짊어지는 리스크는 엄청난 반면, 구경꾼에겐 리스크가 전혀 없다. 이 격차가 크면 클수록 항간에 떠도는 세간의 입방아는 한층 불타오른다.

결혼하고 가정을 이루는 것은 사회라고 하는 공동체를 유지하고 발전시키는 합당한 수단이다.

그러나 이 사회제도와 '에로스'는 궁합이 잘 맞지 않는다. 자석처럼 서로에게 끌려, 불가능을 가능으로 오독해 이성적 판단을 앞질러 저지르는 것이 사랑이고, 사랑에는 끝이 있다. 이런 불안정성에 공동체 유지를 의탁하기는 어렵다.

그렇다고 자제심이 강하고, 일시적 감정에 휘둘리지 않으며, 올바른 윤리관을 세워 항상 가장 소중한 것을 선택하는 사람만 이 세상에 있는 것이 아니다. 남녀 불문 사랑에 쉽게 빠지는 부류가 존재하는 것도 사실이다.

거듭 말하지만 불륜을 긍정할 마음은 없다. 가능하다면 하지 않는 것이 당연히 바람직하다.

다만 미래영겁, 비단 연애 문제뿐 아니라 항상 올바른 선택을 한다고 나설 자신이 없다. 그래서 가시방석에 앉은 양 불편하다. 누구나 남에게 말하지 못하는 과오와 후회가 한 두 가지쯤 있을 것이다.

기자회견의 그녀와는 아무 관계도 아니고 변호할 마음도 없다. 그럼에도 신경이 자꾸 쓰이는 것은 마음 가는 대로 행동할 수 있는, 아니 그렇게밖에 행동하지 못하는 그녀의 모습이 어딘가 부럽게 느껴졌기 때문일까. 그렇다면 나는 참으로 얄팍하다.

와이드 쇼는 그녀의 과거 두 번의 불륜 기자회견도 함께 보여주었다. 어찌나 자극적이고 선정적인지 눈을 떼기 힘들다.

불성실해 보이는 중에도 첫 번째 두 번째, 이번까지 그녀는 빨려들듯 아름답다. 초췌한 기색으로 머리를 조아리며 사죄해야 할 것만 같은 숨 막히는 장면임에도 깊은 산속 호수처럼 투명한 눈동자로 정면을 똑바로 응시하고 있다.

잘못이 있었는지 모르지만, 사랑하는 마음에 거짓은 없다는 표정이다. 무심코 압도될 듯하다. 후회하고 있지 않은 것이다.

중년임에도 청초한 섹시미가 넘치지만, 얼마 전까지 그녀도 완전히 아줌마처럼 보이던 시기가 있었다. 사랑과 멀어 보이는 중후한 풍채였다.

그런데 어느 순간 완전히 날씬해지고 예뻐져서 돌아왔다. 사랑을 외모로 판단할 일은 아니지만, 누구든 그녀와 사랑에 빠진들 이상하지 않을 정도다.

그리고 정말 사랑에 빠졌다. 빠져버리고 만 것이다!

상대에게 호의가 있었음은 인정하면서도 선을 넘었는가 하는 질문에는 "그런 일은 없습니다"라고 대답했다.

과거 두 번의 불륜과 달리 이번엔 가정이 있다. 전과 다른 모호한 뉘앙스 속에 잃고 싶지 않은 것이 있다는 속내가 훤히 읽혔다. 가장 소중한 것이 무엇인지 깨달았을 것이다.

그러고 보니 "미안해, 지금까지 말하지 못해서. 사실 사랑하는 사람이 있다는 걸"이라는 그녀가 불렀던 노래 가사는 바람난 남자를 향해 부르는 것이 아니라, 실은 남편을 향한 것이었던가. 그렇게 가정하니 위가 쓰라리다. 왜 내 위가 쓰린가.

사랑받는 사람은 다 이유가 있다

귀가 따가울 정도로 흔하지만 이번 이야기는 '사랑받는 사람'이다.

'사랑받는 사람'이라 하면 나는 얼마 전 즐거웠던 기억이 떠오른다.

함께 일하는 남성 동료가 생일을 맞아서 반강제로 파티를 열었다. 생일 당사자의 집에 시끄러운 여자 넷이 몰려가 한바탕 정신없는 모임을 꾸몄다.

집에 도착하자마자 일단 그를 2시간 정도 외출하도록 했다. 장식하는 모습을 보이지 않기 위해 미리 구해둔 영화 티켓을 주고 내보냈다. 일방적으로 쫓아냈다고 하는 편이 적절할 것이다.

그가 돌아왔을 때 우리는 테일러 스위프트의 '셰이크 잇 오프Shake It Off'로 한바탕 소란스럽게 맞이했다. 이 BGM 은 생일 주인공의 취향이 전혀 아니다. 우리가 그렇게 하고 싶었을 뿐이다.

파티가 시작되자 흥겨운 이벤트가 줄줄이 이어졌다.

뜬금없이 점술사 분장을 한 여성 동료가 인생 점을 봐주고, 안무를 곁들여 신나게 노래를 부르고(우리가), 베지터블 케이크(우리가 먹고 싶은)가 짜잔 등장하는 등 매시간 서프라이즈가 펼쳐졌다. 완전히 흥겨웠다(우리가).

글로 옮기니 어쩐지 추행인가 싶은 이벤트지만, 생일 주인공이 우리가 마음껏 축하할 수 있도록 깊이 배려하는 사람이었기 때문에 순조롭게 진행할 수 있었다.

축하하는 쪽보다 축하받는 쪽이 상대를 생각하는 마음이 더 깊다. 인간적으로 한 수 위다.

한창 분위기가 클라이맥스를 넘어갈 즈음 갑자기 현관의 벨이 울리고, 택배가 도착했다. 보낸 사람은 당일 피치 못할 사정으로 참석하지 못한 다른 동료였다.

전날 밤에 올 수 있으면 오라고 주소를 알려주었는데 생각지도 못한 선물을 보낸 것이다. 포장을 뜯어보니 파이널 판타지의 등장인물이 포장 용기에 프린트된 한정판 컵라면이었다. 보낸 이의 평소 어른스러운 취향과 전혀 거리가 먼 선물이라 모두 적이 놀랐다.

게임 마니아인 생일 주인공은 완전히 흥분했다! 오늘 본 중 가장 환한 함박 미소가 떠나지 않았다. 그리고 발신자가 같은 커다란 상자가 하나 더 있었다. 열어 보니 보통의 흔한 컵라면이 들어 있다. 뭐지?

생일 주인공이 의도를 바로 알아챘다. "한정판은 아까워서 먹지 못하니 평소에 먹을 수 있는 컵라면도 함께 보내주셨네요⋯."

세상에, 남을 행복하게 만드는 능력자의 상상력이란! 부담스러운 고가품도 아닌 데다가, 소모품이면서 실용성까지 겸비했다. 즉 전혀 부담스럽지 않다. 보낸 사람이 모두에게 오랫동안 사랑받는 이유를 이로써 확실히 이해하게 되었다.

항상 남의 입장에서 생각할 수 있는 사람은 사랑받을 확률이 매우 높다. 남녀 불문 이것은 진리다.

이런 사람은 상대의 바람이나 욕망을 한눈에 세심하게 파악한다. 그뿐만 아니라 '해줄까?'라든지 '어때? 내가 자상하지?'라는 식으로 노골적인 생색과 티를 절대 내지 않는다.

연애만이 아니라, 직장에서도 이런 사람은 인기가 많다. 재미있다든지, 외모가 출중하다든지, 학벌이 좋다든지, 성격이 모나지 않은 사람보다 훨씬 좋은 기회가 많이 찾아온다.

단순히 남을 즐겁게 해주는 사람은 흔하다. 하지만 그런 사람 중엔 나를 비롯해 그날의 일행처럼 에고를 잘 컨트롤하지 못하는 경우도 적지 않다.

상대가 기뻐하는 것을 진지하게 생각하고, 기꺼이 실행하는 사람은 근본적으로 다르다. 우리처럼 소리만 요란한 축하 방식은 역시 일차원적이다.

BGM으로 선택한 테일러 스위프트의 '셰이크 잇 오프'도 잘 생각하면 '테일러 스위프트를 들으면서 생일 파티 데커레이션을 하는 우리'라는 그림이 멋지게 느껴졌기 때문이었을 게다.

놀랍게도 사랑스러운 생일 주인공은 2차까지도 기꺼이 함께해주었으니 그도 나름으로 생일 파티를 즐겼으리라 생각한다.

그러고 보면 그가 더욱 존경스럽다. 우리가 제멋대로 흥겨워하는 모습을 내내 보고도 마지막까지 즐겨준다니 얼마나 해탈한 경지인가.

사랑받으려면 먼저 사랑을 주어야 한다. 상대의 입장에서, 오롯이 상대만 사랑할 수 있게 되었을 때 가능한 이야기다.

인간 개조 근력 운동

함께 일하는 동료 중에 이십 대 중반의 사내아이가 있다. 동료에게 '아이'라는 표현이 대단히 실례되는 일이지만, 내가 젊은 시절 까딱했으면 그만한 아들이 있을 가능성도 있는 나이 차이라 모쪼록 너그럽게 양해를 부탁드린다.

처음 만났을 때 그는 만화《사채꾼 우시지마》에 나오는 채무자 같은 행색이었다. 안색이 좋지 않고, 나이에 맞지 않게 배가 불룩했다. 히프까지 내려 입은 찢어진 청바지는 1년 이상 빨지 않은 듯 보였고 스니커즈도 너덜너덜했다.

오랜 세월 영양 불균형이 쌓여 담석 수술을 받은 적도 있다고 한다. 애써 힘들게 번 돈을 유흥업소나 질 나쁜 만남 주선 업체에 모조리 털리는 등 유사 엄마 심정으로 지켜보는 내가 걱정할 만한 일만 골라서 했다.

그가 이렇게 된 데는 나름의 이유가 있었으며, 행복의 형태는 천차만별이라 본인이 만족한다면 주변에서 시시콜콜 간섭하는 것이 의미 없다. 일은 전혀 문제없이 해내고, 대화할 때 기발하고 재치 있게 말하는 유쾌한 타입이다. 즉 내버려두면 되는 일이다.

그럼에도 불구하고 나는 오지랖을 멈출 수 없었다. 그가 완전히 자신을 포기하는 것처럼 보였기 때문이다. 그런 태도는 인생에 아무 좋은 일이 없다는 것을 나는 경험적으로 잘 알고 있다. 극한의 악순환이다.

가능성이 많은 인재인데 안타깝다고 내심 생각했지만 남이 어떻게 해줄 수가 없다. 우선은 변화의 계기가 찾아오길 기도하면서 1년 이상 지켜보기만 했다.

그런데 지금 그는 완전히 다른 사람이다. 전신의 세포 2/3가 교체된 듯한 인상이다. 균형 잡힌 식사를 하고 '유흥업소에 갈 돈과 시간이 있으면 프로틴을 사서 헬스클럽에 가겠다'고 하는 상황이다.

완전히 몸이 달라진 이유는 근력 운동이었다. 프로그램 기획으로 시작했는데 처음에는 마지못해 하다가 어느새 완전히 빠져버렸다. 지금은 팔과 가슴에 단단한 근육이 붙고 본인이 대단히 만족하는 눈치다. 식생활 개선으로 피부도 깨끗해졌다. '사람이 어떻게 저렇게까지 변하나?!' 하고 감동할 수준이다.

예전엔 '근력 운동에 열을 올리는 남자는 좀 징그럽지 않아?' 하는 일부 시선도 있었으나 지금은 완전히 인식이 바뀌었다. 헬스클럽을 찾아 몸을 만드는 여성도 꽤 많다.

이렇게 말하는 나 역시 근력 운동을 근근이 계속하고 있다. 근력 운동이 만능이라고 생각하지 않지만 한창 몰입하는 순간엔 잡생각이 나지 않는다. 생각이 너무 많은 기질인 사람에게 추천한다. 노력한 만큼 결과가 나오는 것도 좋은 점이다. 나이를 먹고 보니 노력이 결과로 되돌아오기가 얼마나 어려운지 너무나 잘 안다.

이전에 비해 사람들의 말에 고분고분하게 귀를 열게 된 (듯이 보이는) 그를 보면서 새삼 이런 생각이 들었다. 자기 부정에 빠지면 누구나 마이동풍 모드가 된다. 그리고 자기 부정을 해제하기 위해서는 조금이라도 자신을 사랑할 필요가 있다.

자신의 육체를 사랑하는 것이 자아 긍정에 매우 효과가 있다. 나의 경험상 무턱대고 무리하게 긍정적이 되려 애쓰기보다 구체적으로 바꾸고 싶은 부분을 개선하기 위해 노력함으로써 자신을 사랑하게 되는 편이 결과가 좋았다. 이는 육체만이 아니라 사고방식도 그러하다.

육체든 정신이든, 변화하든 변화하지 않든, 모두 본인의 자유다. 그러나 내 몸을 하찮게 취급하는 자포자기와, 부족함이 있어도 이를 긍정하고 수용하는 밝은 체념은 역시 다른 문제다. 이것은 '자신을 사랑하는가'가 아니라 '자신에게 사랑하는 부분이 있는가'의 차이인지도 모른다.

자존감이 낮으면서도 자기애는 강한 면이 있는 것으로 보아 과거의 그는 '자신을 혐오하면서도 사랑하는' 분열된 상태에 있었던 것으로 보인다. 스스로 변화함으로써 지금은 자신감도 붙었다. 심지어 이제는 부러울 정도다.

갑자기 자신을 사랑하기는 어렵다. 하지만 '나의 이런 점이 좋아'라는 포인트를 발견하면 절로 원하는 방향으로 바뀌어간다. 대단히 흥미롭다.

요지경 인생의 여자
~전편~

"표주박에서 망아지가 나온다"라는 옛말이 있다. 의외의 곳에서 뜻밖의 것이 나온다는 의미다.

십 대 시절부터 친한 오랜 친구가 있는데 인생이 "표주박에서 망아지가 나온다"라는 속담과 딱 맞아떨어진다. 그녀가 자동판매기라면 손님들이 배상 청구를 해도 이상하지 않은 수준이다. 인생에서 십중팔구는 누른 버튼과 다른 상품이 나온다.

그녀의 이름을 임의로 A라고 하자. "오랜만에 연애할 마음이 생겼어! 일단은 몸을 만들어야지"라며 수개월 전부터 헬스클럽에 다니기 시작했다.

충분히 이해할 만하다. 우리 나이엔 이렇게 자발적으로

시동을 걸지 않으면 사랑의 감정이 싹트지 않는다. 결실을 맺든 맺지 못하든, 우선은 마음이 가는 상대가 있어야 한다. 이를 위해서는 뭔가 지금까지와 다른 것을 시도해보는 것이 정답이다. 바로 그거야!

이십 대 초반의 남성 트레이너가 그녀의 PT를 담당하게 되었다. 좋은 분이지만 아무래도 연애 상대로는 너무 젊다. 사십 대 중반인 그녀에게 아들이라 해도 전혀 이상하지 않을 나이 차라 호감이 생기는 문제와 차원이 다르다. 무슨 일에든 '너무 귀엽다'며 흐뭇해지는 식이 된다.

열심히 노력한 덕분에 몸이 눈에 띄게 좋아졌다. 그러던 어느 날 A는 트레이닝 중에 심한 근육 파열 부상을 입었다. 심각한 사고였다. 연애고 뭐고 생각할 처지가 아니다.

A는 접골원에 옮겨져 응급처치를 받았다. 뒤이어 병원까지 갔다. 접골원에서 한 처치가 좋았는지 한동안 안정을 취하면 회복된다고 했다.

일주일 후 의사는 "더 이상 병원에 오지 않아도 좋습니다. 처음 갔던 접골원에 다니세요"라고 했다. 끝난 것이 아니었나. A는 마지못해 접골원을 다시 찾았다.

그로부터 1개월 후. 근육 파열이 완치됐다.

그리고 오늘 밤 A의 휴대폰이 벌써 세 번째 울

린다. 상대는 접골원 선생이다. 살짝 연예인을 닮은 미남형에 나이는 서른 살, A와 띠동갑도 훨씬 넘는 연하다. 퇴근후 귀갓길에 지하철을 환승할 때마다 전화하는 날도 있다고 한다.

하루에 몇 번씩이나 전화한다니 자동판매기라면 틀림없이 '연인'의 버튼을 누른 결과라 생각할 것이다. 나도 그리 예상했는데 일이 그렇게 순순히 흘러가지 않는다.

A는 또다시 '뜬금포' 인생으로 빠진 것이다.

매일 접골원에 다니는 동안 의기투합하다, 근육 파열이 완치되면서 본격적으로 환자와 선생이라는 장애물을 넘어 특별한 관계가 된 싱글 두 사람. 그러나 본격 연인이 되기까지 정열이 끓어오르지 않았다. 뭐, 그럴 수도 있지 않나, 미성년자도 아니고.

그러나 이야기는 여기서 끝나지 않는다. 통상적이라면 몇 번 잠자리를 가진 다음에 연락이 뜸해지다 페이드아웃으로 가는 것이 수순이다. 세상이 그런 것이다.

그러나 선생은 계속 끊임없이 연락을 해온다. 그것도 아주 빈번하게.

그렇다면 육체관계만 유지하려는 건가 싶은데, 빈번한 것은 라인 메시지와 전화뿐이었다! 그녀의 출장지까지 연락하면서도 성적인 유혹은 전무하다. 도대체 그는 무슨 생각일까.

그는 아내도 여친도 없다. 분명 연락을 계속하는 것으로 보아 잠자리만 노리고 접근하는 저질도 아니다. 이상한 물건을 강매하지도 않고, 속박이나 스토킹도 일절 없다. 그러나 연락은 매일 한다.

친구? 혹시 A와 친구가 되고 싶은 것???

이 나이에 정의하기 힘든 관계에 맞닥뜨리다니, 또다시 맞게 된 뜬금없는 사태다.

(계속)

요지경 인생의 여자
~후편~

삼십 대의 원만하지 못한 사랑을 노래한 더피의 '워릭 애비뉴Warwick Avenue'라는 곡이 있다. 후렴구 가사를 대략 요약하면 '당신을 떠나는 건 이번이 마지막이야. 당신은 날 사랑한다지만 사랑하지 않아. 이제 자유로워지고 싶어'라는 내용이다.

나도 그 시절엔 기를 써서 어찌할 수 없을 지경으로 너덜해질 때까지 버틸 체력이 있었다. 지금은 완전히 소진해버렸지만.

접골원 선생은 A와 띠동갑도 넘는 연하에 싱글이다. 근육 파열이 완치되었는데도 관심 어린 전화와 라인 메시지를 매일 보낸다. 영업인가 했지만 취했을 때나 심야에 7~8

회나 착신 이력을 남긴 경우도 몇 차례 있었던 모양이다. 이것을 영업이라 하기는 어렵다.

심야에 몇 번씩 전화하는 것이 옛 환자를 상대로 직업윤리에 맞는가, 하는 문제도 생각해볼 일이지만 누구나 이해하기 힘든 행동을 참기 힘든 때가 있다. 접골원 선생, 우리 경험으로 그게 '사랑'인데 말이죠.

선생은 A를 칭찬하거나 '좋아한다'는 말도 하지 않는다는데, 이 또한 안타깝다. 최소 포옹 정도는 해야 하지 않나. 한참 나이 차이도 많은 연상의 여성을 상대로 무슨 생각인 건지.

도대체 이 관계는 뭐지…. 고민 끝에 A가 내린 결론은 '섹스리스 섹스 프렌드'란다. 농담으로는 유쾌하지만, 현실이라면 완전히 의미가 꼬인다.

A는 A대로 매일 오는 라인 메시지와 2시간 넘는 전화 통화를 다 받아준다. 착한 것인지, 사람이 좋은 것인지. 필시 삼십 대와 달리 관계성에 기를 쓰고 매달릴 힘이 없는 것이리라.

유감스럽게도 중년이 되면 가늠이 안 되는 사태에 화를 내거나 안달하기가 힘들어진다. 정신적으로 성장한 것이라 할 수도 있지만, 그보다는 기력·체

력적으로 무리라는 편이 정확한 표현일 것이다. 그러면서
지구력만 남아서 나무늘보처럼 나뭇가지에 매달린 채 생
글생글 웃을 수 있다.

짭짤함이 마음 한구석에 있으면서 왠지 질질 이어지는
관계가 당신에게도 있을지 모른다. 설령 나뭇가지에서 쿵
떨어지더라도 얼마간 그대로 두면 툭툭 털고 일어설 수 있
기 때문에 앞이 가늠되지 않는 사태도 어떻게든 흘러간다.
표주박에서 나온 의문의 망아지는 정처 없이 뒹구는 채로.

선생과 A는 어느덧 만난 지 3개월이 흘렀다. 더 이상 밤
을 함께 지내는 일은 없지만, 선생의 연락은 여전히 계속된
다고 한다. 세상에나?! "저희 모교 동아리가 고교 대항전에
진출했어요!"라는 식이다. 이거 응석인가!

A도 충분히 알고 있는 사실로, 선생이 하는 행동은 단순
히 '어리광'일 뿐이다. 마흔도 넘은 애인을 몇 번 안았다고
해서 책임을 몰아세우지 않으리라는 것쯤은 잘 알고 있을
것이다. 그는 단순히 A가 말을 잘 들어주는 것을 기대하고
있다. 오히려 A가 닦달이나 질문도 하지 않기 때문에 더 대
화를 하고 싶은 것일 수 있다. 그렇다면 그냥 순수하게 사
랑에 빠지면 좋으련만.

완벽한 타이밍에 완벽한 상태란 없다는 사실을 A는 너

무나 잘 알고 있다. 하지만 젊은 선생은 아직 그것을 모를 것이다. 뭐, 어쩔 수 없는 일이다.

A도 적극적으로 나서서 움직이지는 않는다. 감정이 끓어오르지 않는 이유도 있으나, 그보다 무리하게 시작한들 아무것도 되지 않는다는 사실을 마흔을 넘긴 우리는 너무나 잘 알고 있기 때문이다. 정말 유감이다.

"표주박에서 망아지가 나온다"라는 속담에는 농담으로 한 말이 의도하지 않게 현실이 된다는 의미도 있다고 한다. 섹스리스 섹스 프렌드, 정말 현실이 되어버렸다.

지옥에서 온 러브 레터
혹은 천국에서 잠꼬대

어느 날 나는 기분에 이끌려 평소와 다른 모퉁이로 꺾어 들어갔다. 돌아서 가다 쿵 하고 뭔가에 부딪혀서 '죄송합니다' 인사하고 다시 가던 길을 향했다. '어? 어딘가에서 만난 적이 있는데.' 의아해서 돌아보니 그 사람은 이미 사라졌다. 정신을 차리고 다시 걷는다. 그런데 거리의 간판이며 교통안전 포스터며 눈에 들어오는 모든 것이 좀 전에 부딪혔던 사람의 얼굴로 바뀌었다. 뭐지, 이거.

내가 인생 최초로 '최애'를 만난 순간이 이런 느낌이다. 실제로 부딪힌 것은 아니다. 비유하자면 그렇다는 것이다. 본 순간 한눈에 번개를 맞은 것 같다든지, 몸에 전류가 흐르는 그런 식은 아니었다. 평온한 상태에서 세계가 완전히 달라졌다. 부딪히기 전까지 내가 어떤 세상에 살았는지 전혀 기억이 나지 않는다.

2020년 그해 나는 바닥이었다. 유례없는 사태에 대부분의 사람이 그랬을 것이다. 간신히 애를 써가며 새로운 일상을 만들어가려 노력하는 가운데 얼마간 즐거움도 있지만, 항상 불안이 떠나지 않았다. 나는 업무적으로나 개인적으로나 여러 사정까지 겹쳐서 조금씩 지쳐갔다. 여름 막바지에는 허우적대고 있었다.

말하자면 생활 배수 오물이 고인 개울에 누운 채 머리카락, 죽은 곤충, 쓰레기에 뒤엉켜 질질 흘러가는 생활이었다. 그럼에도 해야 할 일은 산더미였고, 이것들을 하나하나 해치워야 한다는 사실을 연륜으로 너무나 잘 알고 있다. 담담하고 묵묵하게 하루하루 지내는 사이 가을이 오고 겨울이 닥쳐 이윽고 한 해가 저물 즈음 쿵 하고 부딪혔다.

과거 힘들던 시기에 나의 생명 줄을 내일로 이어준 것은 엔터테인먼트였다. 악령 퇴치 염불을 외우는 듯한 래퍼 나스와 기린지의 음악을 종일 듣는다든지, 종합 격투기 선수를 응원하면서 오기를 키우기도 했다. 비욘세에도 꽤 의지했다. 하지만 이번엔 그것과도 성격이

다르다.

　바로 얼마 전까지 나는 추종한다든지, 불타오른다든지, 빠진다는 말이 솔직히 전혀 이해되지 않았다. 하이 텐션으로 말하는 친구들이 행복해 보였지만 도저히 따라가기가 힘들었다. '좋아 보이네' 하고 방관자처럼 바라보면서 그런 기분을 알지 못하는 나 자신을 유감스럽게 생각하기도 했다. 몰입할 수 있는 무언가가 있는 것이 부러웠다. 그러나 일단 나도 그 입장이 되고 보니 '이게 최애라는 건가', '이게 빠져드는 건가' 하게 되었다.

　멋진 미소의 사진을 멍하니 바라보던 초창기는 지금 생각하면 그나마 평화로운 수준이었다. 실제 모습을 보고 싶다는 욕심을 낸 것이 발단이다. 무대가 아닌 오락 프로그램에 출연해 말하는 모습을 찾아냈다. 확실히 행동이 부자연스럽다. 생각한 것과 다르다.

　서둘러 무대 위에 오른 본업하는 최애 동영상을 보았다. 이번엔 몸 안의 모공에서 자아가 뿜어져 넘칠 듯 분출되었다. 시원하게 알알이 농익어 툭 하고 벌어진 검붉은 석류 알갱이처럼 일제히 터져 나오는 것만 같다.

　그로테스크하면서 한편 유머러스하기도 하다. 일거수일

투족 전력을 다하는 동작마다 눈을 떼기 힘들다. 용의주도를 가장하며 타인이 들어올 틈을 주지 않는 호전적인 성격의 나와는 완전히 다르다. 너무 좋다. 눈앞에는 오로지 '좋아요' 선택 버튼 단 하나뿐이다. 이제 뭘 하면 좋지?

어떻게 버튼을 눌러야 할지 모른 채 헤매던 날들…. 이렇게까지 나 자신이 문제적 인간이라는 사실을 이전엔 미처 알지 못했다. 이 욕망은 식욕에 가깝다. 걸신들린 듯 폭식하지 않으면 성에 차지 않는다. 인스타그램 게시물을 샅샅이 훑었다. 1~2년 사이에 외모가 완전히 달라져서 앞으로 어떻게 변할지 가늠하기 힘들 정도다. 2년 정도 전의 이해하기 쉬운 나무랄 데 없는 스타일에서 일변해 지금은 토템폴의 꼭대기처럼 괴이하다. 당신이 그렇게 하고 싶은 것이라면 어쨌든 좋다.

'어떻게 보일까'보다 '하고 싶은 것'을 우선하는 당신이 눈부시다. 나는 요령껏 회피하는 길만 생각하다 정작 무엇을 하고 싶은지 길을 잃어버렸기 때문이다.

갤러리가 순식간에 최애 사진으로 가득 차 급기야 스마트폰이 작동 불량이 되었다. 내가 찍은 현실(즉 최애보다 가치가 떨어지는 존재) 사진을 대거 삭제했다. 엄선한 134장의 사진을 별도의 폴더로 옮겨 어울리는 BGM을 깔아 슬라이드 쇼를 만들었다. '최고야!'라며 넋 놓고 감상하다가, 제정신이 아니라며 갑자기 현실로 돌아와 잠자리에 드는 일상이 반복됐다.

감정이 고조되면 여자들은 뭔가를 만들고 싶어 한다. '덕질하는 너를 응원해'라고 말해준 의기투합한 친구와 나 역시 마찬가지. 둘만의 대화에서 사용할 용도로 라인 이모티콘을 흉내 내 문구를 넣은 밈을 200개나 만들었다. 손을 가만두고 있을 수가 없었다. 사진은 '안녕'부터 '잘 자'까지 다양한데 다른 사람이 촬영한 사진을 함부로 가져와 멋대로 잘라서 말을 붙였으니 결코 떳떳한 취미가 아니다. 그럴 뿐 아니라 최애가 나와 똑같이 복합적 인격체라는 사실을 무시한, 단순 캐릭터 소비의 저속한 오락이다.

머리로는 너무 잘 알고 있다. 하지만 마음이 따라주지 않는다. 신중하려는 나를, 환희의 고무공처럼 변해버린 또 하나의 내가 튕기듯 훌쩍 뛰어넘는다.

일어서기도 버거울 정도로 힘들던 어느 날엔 아무도 없는 작업실 응접 테이블에 누워 휴대폰의 앱으로 최애의 어깨에 고양이를 얹어 우주 사진과 합성했다. '괜찮아'라는 문구도 넣었다. 나의 이름(본명)을 불러주는 말풍선을 넣은 사진도 만들었다. 이 정도면 신앙이다. 정말 어떻게 된 것이다. 하지만 분명 기운은 난다.

사진 수집이라는 우상 숭배에 뒤이어 유료로 맞춤 영상을 제공받는 VOD 서비스까지 가입했다. 300개에 가까운 동영상을 빠져들듯 보았다. 최애의 활동 분야는 내게 온통 미지의 것들이라 처음에는 용어도 내막도 생소하기만 했다. 그럼에도 멈출 수 없었다. 시간이 홀린 듯 스르르 녹아 사라졌다. 어처구니없을 만큼 행복했다. 치과에서 충치 치료를 받을 때는 최애가 손을 잡아준다는 설정을 그려가며 공포를 극복하기도 했다. 나는 이빨보다 뇌 쪽의 벌레 먹은 상태가 더 심각하다.

맨정신과 만취 같은 상태를 오락가락하다 정신을 차리고 보니 나는 더 이상 더러운 개울에서 질척거리고 있지 않았다. 툭 털고 일어나 머리에 엉켜 있던 쓰레기와 벌레를 털어냈다. 아직 일이 남아 있다. 할 수 있는 것은 전부 해치우겠다.

인터넷 기사나 최애 관련 글은 빠짐없이 읽었다. 옥석이 뒤섞인 정보를 가리지 않고 모조리 흡수해 정리하고, 최애의 가상 형상을 밑바닥부터 서서히 만들어나갔다. 이런 과정이 즐거웠지만 위험수위에 달했다는 사실도 자각했다. 만난 적도 없는 사람인데 마치 전부 알고 있는 듯한 느낌이 들었다. 매일 최애만 보고 있었더니 최애의 컨디션까지 느껴지는 듯했다. 말도 안 되는 얘기다.

제멋대로 해석하고 뻔뻔스럽게 '발견'이라 이름 붙이고 공감하게 되었다며 환호한다. 과열된 덕질은 가벼운 인권 유린이다. 사람을 사람으로 받아들이지 않는 순간이 쉽게 온다. 애정이 과다한 것이라는 변명으로는 이해받을 수 없다. 단순한 팬과의 차이는 이것이다. 자타 경계선이 애매하게 되는 대상이 최애다. 애정하는 쪽의 인간성이 현저하게 드러나는 것이 덕질이다.

이윽고 최애의 절친까지 훤히 알게 되니 사진에 문구를 넣은 밈을 만들기 힘들어졌다. 지금까지 방해물로 여겨 글자로 몸을 가리거나, 아예 잘라내던 이들에게도 이름과 히스토리가 있다. 캐릭터 소비와 그 외 낯선 이를 군중 취급하는 악취미에 마침표를 찍었다. 최애와 절친의 인간화 혁신이다.

어느 날 평소와 다름없이 SNS를 탐색하다가 내 안에서 아직은 '인간화'되지 않은 무관심 영역의 한 인물과 최애가 함께 찍은 사진을 보게 되었다. 어리석게도 그때까지 절친이 아닌 이 사람에게도 스토리가 있다는 것까지 살피지 못하고 그저 '오케이!' 쾌재를 부르며 싹둑 잘라내버렸다.

그리고 서칭을 계속하다가 똑같은 사진에서 나의 최애만 딱 잘린 사진을 발견했다. 올린 계정주는 필시 내가 잘라내버린 쪽의 팬일 것이다. 그 순간 타인이 찍은 사진을 주저 없이 트리밍해버린 나의 오만함이 부끄러워지는 동시에, 세상은 참으로 재미있다는 생각에 전율했다.

양쪽이 '나의 최애가 아닌 쪽'을 주저 없이 잘라낸 것은 가치가 상대적이기 때문이다. 따라서 나의 최고는 내게 절대적이고, 당신 역시 같다. 잘라낸 각각의 사진을 한 장으로 붙이면 거짓 없는 두 사람이 완성된다. 당신과 나의 최고는 동시에 존재할 수 있다.

최애의 이름을 밝히지 않고 있었더니 찾아내려는 사람도 나타났다. 누구나 자신이 빠져 있는 마성의 스타를 똑같이 다른 사람도 좋아한다고 믿고 싶어 한다. 모두가 자신의 최애가 사는 세계가 파라다이스라고 믿고 있다. 모두 각자 대단히 행복하다. 세상은 '나의 넘버원'으로 넘쳐난다. 나 역시 최애의 좋은 점을 노래로 만든다면 10절까지 가사가 이어지겠지만 이것을 모든 사람이 좋아하지는 않을 것이다. 하지만 괜찮다.

　현장까지 찾아가는 단계에 이르니 애정과 기쁨이 한층 깊어졌다. 수준급 비판 정신까지 싹텄다. 건전한 것인지, 악성 덕후의 시초인지 잘 모르겠다.

　이해하기 힘든 것은 조사하고 아는 사람에게 거듭 질문하길 수개월, 이전까지 완전히 미지였던 같은 세계 안 사람들의 대화나 글이 정보로서 머리에 들어오기 시작했다. '네이티브 회화가 갑자기 술술 들리게 됩니다!' 하고 흥분하면서 홍보하는 홈쇼핑 진행자의 말 그대로다. 최애 덕분에 새로운 언어까지 익히게 되었다. 최애 본인의 활동은 그대로 나의 살과 피가 되었다.

　크든 작든 누구나 무거운 마음의 짐을 안고 산다. 이를 가볍게 할 수 있는 이는 자기 자신뿐이지만 최애나 엔터테인먼트의 존재가 없었다면 나는 그 힘을 제대로 발휘하지 못했을 것이다. 최애를 알게 되어 새로운 세상에 눈을 떴고 덕분에 너무나 풍요로워졌다. 이것은 금품과 다르며, 누구에게도 빼앗기지 않는 풍요로움이다. 고맙다.

　무대 위의 스타는 그곳에 있는 한 빛이 되어 누군가를 비춘다. 주목받지 못하거나 설령 내리막길에 있더라도 어딘가에 당신이 자신감 넘치고 계속 빛나길 바라는 팬이 있다는 사실을 절대 잊지 않기를 기도한다.

당신은 끝없는 매력을 가지고 태어난 나의 처음이자, 가장 커다란 별이다.

5

때로는
흔들려도

모두와 그 이야기를 해보자

남녀 혼성으로 구성된 업무 동료들과 난데없이 생리에 대한 대화를 나누게 되었다. 맞다, 한 달에 한 번 하는 그것 말이다. 생리 이야기를 남성들이 섞인 그룹에서 일상 대화의 연장으로 나눈 것은 처음이다.

대화의 시작은 표정이 좋지 않으면 '생리?'라고 묻는 녀석이 있어 짜증 난다는 우리 여성 쪽의 이야기에 '우리 세대에서 그런 말을 하는 사람은 없는데'라고 삼십 대 중반의 남성이 끼어들었고, 그런데 생리에 대해서는 정말 잘 모르겠다며 다른 남성이 말하자, 그렇다면 설명해주겠다고 여성들이 모두 가세해 본격적으로 대화가 깊어졌다.

학교에서 자세히 배우지도 않고, 본인이 하는 것도 아니므로 남자들이 생리에 대해 잘 모르는 것은 당연하다면 당연한 일. 여자 형제가 있어도 그 실태를 잘 모르는 사람이 더 많을 것이다. 생명의 탄생에 관계된 중요한 문제라지만 정작 감추고 싶어 하는 여성도 있다.

젊은 시절 나도 생리를 이성이 눈치채는 것이 싫었다. 동거하던 상대조차 언제 생리인지 모르길 원했다. 경혈이 묻은 속옷을 몰래 욕실에서 빨아 그대로 눈에 띄게 말리는 것이 싫어서 무리하게 빨랫감을 모아서 같이 세탁하기도 했다.

그러면서 추운 겨울 데이트가 생리 이틀째에 겹쳐 속도 모른 채 계속 걷기만 하는 남자를 '생리가 얼마나 힘든지 몰라주는 자식'이라며 살짝 원망한 적도 있다. 감추려고 하면서 한편으론 알아주길 바라다니 지금 생각하면 너무 제멋대로다.

그렇기는 해도 남자들이 이렇게까지 무지한지는 정말 몰랐다. 사실 조금 놀랐다. 잘 모르고도 살 수 있군, 자기 일이 아니라면. 아마 이건 생리만이 아니라 세상만사가 그럴 것이다.

그 자리에 있던 남성들은 생리는 첫날부터 마지막 날까지 일정한 양의 경혈이 나온다거나, 생리대를 아침과 저녁 두 번만 교체하면 된다고 생각했다. 수월한 날, 심한 날, 낮용, 밤용, 생리용 팬티까지 존재하는 것은 상상도 하지 못한 모양이다. 확실히 그 부분은 상상력이나 배려로 커버할 수 있는 지식이 아닐 게다.

경혈량도, 생리통의 경중도, 언제 예민해지는지도 개인차가 있다. 그래서 '이런 것'이라 딱 잘라 설명하기가 어렵다. 어쩌면 이것이 제대로 된 정보가 퍼지는 것을 방해하는 요인인지 모르겠다. 그러나 이제는 생리의 기초 지식을 널리 공유하는 것이 좋지 않을까.

갑자기 말이 나오면 싫어할까, 마치 종기를 만지는 듯한 태도로 꺼리고만 있다면 진정한 남녀평등은 멀고 먼 꿈일 뿐이다.

한 남성은 이십 대 여자 친구의 권유로 생리 주기 앱을 설치했다고 한다. '나의 멘탈이 불안정한 시기를 알아두도록 해'라고 했단다. 놀랍고 멋진 일이다. 이런 시대가 오길 나는 내내 기다렸다.

그러나 그럼에도 그는 생리가 어떤 것인지 잘 모른단다. 어떤 일이 일어나는지 안다면 자연스러운 마음으로 다가설 수 있을 텐데.

생리대에 대해 한참 토론이 오간 뒤 남성 진영의 한 사람이 말했다. '생리대의 종류가 다양한 것은 잘 알겠어요. 그런데 첫날부터 마지막 날까지 필요한 종류가 들어 있는 베리에이션 팩을 왜 팔지 않나요?'

이번에는 이쪽의 눈이 휘둥그레졌다. 개중에 남는 것도 있겠지만, 한번 사용해보고 싶은 생각도 들었다.

정보 공유는 역시 중요하다. '여자들만 아는 것'은 이제 그만해야 할 시대가 아닐까.

청춘기의 세태에 따라
달라지는 자의식

코로나가 휩쓸던 2020년과 2021년은 '나답게' 살기가 어려웠던 해다. 할 수 있는 것보다 하기 힘든 것이 더 많게 느껴졌다.

'해서는 안 되는 것'이라는 표현이 더 적절할지 모르겠다. 특히 많은 인원이 모여서 친목을 다지는 일은 말도 안 되는 꿈이었다. 여태껏 파티 피플 근처에도 못 가본 나조차 분리된 공간의 외톨이 생활에 마치 갇힌 듯 숨이 막혔다.

1980년대, 지금의 오십 대가 이십 대이던 시절 일본은 호경기에 들떠 있었다. 퇴근 후 택시를 타고 이타미의 온천까지 놀러 간다든지, 기업 설명회에 가면 바로 채용되는 식은 죽 먹기 식의 구직 활동 등을 비롯해 하나같이 도시 전

설급 일화가 넘친다.

당시 나는 중학생이라 버블을 체험하기에 너무 어려서 좋은 기억이 하나도 없다. 그런 광란의 시대를 다시 맞을 수 있을까.

나는 지난 시절의 소란스러운 일면을 살짝 엿볼 기회가 있었다. 아는 선배에 이끌려 롯폰기의 그랜드 하얏트 호텔에서 개최한 80's 디스코 파티에 참석하게 됐다. 4~5년 전의 일이다.

선배들이 사는 모습은 진짜 입이 딱 벌어졌다. 버블 세대는 우리와 마음가짐부터 완전히 달랐다. 개장 직전에 호텔에 도착하니 이미 긴 줄이 늘어서 있었다.

주 고객층은 오십 대 중반. 커다란 백을 안고 탈의실이 어디인지 호텔 스태프에게 묻는 여성에게서 오늘 파티에 임하는 강렬한 의지가 느껴졌다.

회장은 1000명가량 수용 가능한 그랜드 볼룸이었다. 한가운데 댄스 플로어가 설치되었고 무대까지 있었다. 정말 이 넓은 회장이 채워질 만큼 중년이 모일까? 긴 줄을 보았음에도 좀처럼 상상이 되지 않았다.

이벤트 개시 30분 후, 나의 예상을 보란 듯이 뒤엎고 점점 사람이 늘어났다. DJ가 프린스, 데

이비드 보위, 휘트니 휴스턴의 음악을 틀었다. 얄궂게도 하나같이 사망한 아티스트의 곡이라 버블이 먼 옛날이라는 사실이 한층 강렬하게 전해졌다.

예상과 달리 1980년대풍의, 예컨대 머리를 풀어 내린 몸에 딱 달라붙는 원피스 차림은 전혀 볼 수 없다. 그보다는 과하지 않은 최신 유행 스타일링에, 얼굴도 잘 관리한 티가 났다. 모두 젊어 보여서 살짝 심통이 났다.

멋의 유형이 전형적인 느낌이라는 인상은 부정할 수 없으나, 취직 빙하기 세대를 거친 나보다 훨씬 빛나고 활동적으로 보였다. 일상생활에서 체감하는 중력이 우리의 60% 정도인 느낌이랄까. 하나같이 생기 있고 활기찬 여성들이 플로어에 나와 춤 삼매경에 빠졌다. 반면 빙하기 세대인 나는 일말의 공포심에 사로잡혀 의자 붙박이 신세, 촌스러운 티가 났다.

남녀가 뺨을 비비며 추는 치크 댄스를 경험한 세대여서인지 특유의 커플 문화도 건재했다. 리얼, 진짜로 마주 보고 춤을 춘다. 과거 풍속사를 다룬 TV 영상에서나 보던 풍경이 눈앞에서 라이브로 펼쳐졌다.

커플로 스타일링한 부부도 드문드문 있었다. 하나같이 일생의 큰 이벤트라는 느낌보다 비일상을 일상적으로 즐기는 여유가 느껴졌다. 구김 없이 진심으로 신나게 떠들썩거렸다. 오로지 나만 점점 약이 올랐다.

심보 고약하게 '이 사람 좀 봐요!' 하며 야유하고 싶은 사람도 있었지만, 그런 부류를 신경 쓰는 무례한 이는 나 말고 전무했다. 풍요로운 시대를 산 사람은 자신에게나 남에게나 관대한 모양이다.

나는 맹렬한 패배감에 사로잡혔다. 왜냐하면 우리(라고 함께 묶으면 거부할 수 있겠지만) 세대는 좋게 말하면 신중, 나쁘게 말하면 뿌리가 네거티브하다. 내가 평소 '나이나 태생에 굴하지 말고 살자'라고 역설하던 것은 실상이 그 반대이기 때문이다. 나는 '나잇값 못하고'와 '까불고 떠들다'의 조합에 특히 민감해진다.

우리는 까불고 떠들던 경험이 그리 많지 않아 정도를 모른다. 그럴 뿐 아니라 사람들의 이목에 신경이 쓰이고, 존재하지 않는 '정답'을 찾아대는 버릇이 있다. 자의식 형성에 청춘기의 세태, 특히 경제 상황이 중대한 영향을 미친다고 평소 생각해왔는데, 버블 세대의 자기 긍정력은 그야말로 이를 방증하는 듯하다.

살짝 침울한 마음을 주체하지 못하고 푸드 코트로 향했다. 그런데 호화로운 요리가 무색하게 종이 접시에 담겨 있다. 리얼! 흥겹게 버블 분위기를 즐기지만 잃어버린 20년은 떨치기 힘들다는 냉혹한 현실을 또렷하게 보여주는 결정적 장면이다.

　그럼에도 어쨌든 다 좋으니 다시 모두 마음껏 노래하고 춤출 수 있는 날이 오기를….

"고독사 대기자는 한결같이 하지 않는다! 인사하지 않는다, 요리하지 않는다, 친척에게 전화하지 않는다, 청소하지 않는다, 이불 개지 않는다, 친구를 사귀지 않는다."

독거노인으로 보이는 할아버지가 등을 잔뜩 구부리고 상 앞에 앉아 있는 일러스트에 이런 글귀가 있다. SNS를 타고 꽤 반향을 일으켰다. 이런 일러스트는 왠지 남자가 있는 것이 설득력이 있다. 실제로 고독사의 7할이 남자라고 한다.

'남자가 그렇지 뭐'라는 말이 나오려는데 삼켰다. 세간의 '여자들은 말야'라는 식의 인식이 항상 나의 신경을 긁는다. 그 뒤에 이어지는 말이 대부분 여자의

'태생적인 성질'을 말하는 것도 아니기 때문이다.

덧붙여서 '여자는 말야'라고 야유하는 이런저런 통념이 '여자는 무릇 이래야 한다'를 지켰을 때 자동적으로 연동되는 성질이다. 예를 들면 '여자는 소극적인 게 좋지'라는 인식을 따르다 보면 '여자는 결단력이 없다'는 성질이 되는 것이다.

고독사의 아이콘을 남성 노인으로 특정한다면 자칫 '여자는 말야'와 동일하게 편견을 조장할 수 있다. 그리고 어쩌면 깊은 내면에 드러나지 않는 나름의 사정이 있을지도 모르고.

뜬금없지만 잠깐 라디오 이야기를 하자면, 내가 평일 낮에 진행하는 TBS 방송의 프로그램에서 남성 스킨케어 특집을 한 적이 있다.

처음에는 '아침에 세수를 하지 않는다'는 남성들의 사연이 많은 것에 놀랐다. 그런데 회를 거듭할수록 솔직하게 스킨케어를 시작했다는 남성 청취자들로부터 호평이 많아졌다. '스킨케어를 했더니 기분이 좋아졌다'는 반응이다. 다행스럽게 일단 쾌감을 경험했으니 앞으로 당위론에 얽매이기보다 아무래도 지속하기가 쉬울 것이다.

반면 '어떤 이유든 남자가 스킨케어를 하는 것은 언어도

단'이라며 비판하는 이도 있었다. 스킨케어 같은 문제에 왜 그렇게까지 옹졸해지는 걸까.

자, 이제 앞에서 언급한 일러스트 이야기로 돌아가보자. 여자의 '여자란 말야'가 사회적으로 기대되는 성 역할에 따른 결과로 만들어진 부반응이라고 한다면, 남자의 '오로지 하지 않는다!'라고 하는 현상은 '남성다움'에 부응한 결과가 아닐는지.

'남자가 스킨케어라니!'라는 식의 일부 청취자의 반응이 이치에 합당하다기보다 폐쇄적 감정처럼 느껴진다. 이것은 어쩌면 '무조건 그리해야 한다'는 사고를 강요받아온 결과인지 모른다.

그렇다면 여자들이 빠진 함정과 매우 유사하다. 우리가 의견을 표명하고, 자유롭고 활달하게 독립적으로 살아가는 것이 '여자답지 않다'고 치부되어왔듯, 남자들은 스킨케어를 비롯해 요리, 피트니스, 몸단장, 정리 정돈 등 문자 그대로 '일상사'에 관련된 사소한 것과 거리를 두고 '남자답지 않다'고 금기시한 것이다.

남자가 세상에서 유일하게 허락된, 자기 손으로 본인의 몸을 위하는 행위라면 마스터베이션 정도가 아닐는지. 그리고 수염?

그 외에는 전부 여자들의 영역으로 치부되어 남녀 양쪽에서 놀림을 받는, 좋지 않은 구조다. '남자가 왜 저렇게 머리에 신경을 쓴대'라는 식이다. 그래서 무신경하게 두면 이번엔 지저분하다고 힐난받는다. 불쌍한 일이다.

지금의 젊은 세대는 그럴 일이 없겠지만, 삼십 대 중후반 이상은 이 같은 악질의 뫼비우스의 띠를 빙글빙글 돌고 있을 가능성이 있다. 그렇게 나이를 먹어 노인이 된 뒤 평생 멀리하던 '일상사'가 갑자기 가능하게 될 리가 없다. 이것을 오롯이 개인의 책임으로 돌리는 것이 맞을까?

덧붙여 남자들 세계에서는 경쟁에 이기는 것만 좋은 결과 약자가 좀처럼 앞에 나서지 못한다. 그로 인해 동료나 친척과도 소원해져서 쓸쓸한 노후를 맞게 된다.

눈 깜짝할 사이에 고독사 대기자에 한 발을 걸치는 것이다. 남자다움을 지키다 외롭게 죽는다니 바보스럽지 않은가. 그런데 이것은 여자도 마찬가지다. '여성스러움'의 부반응으로 우리는 나이를 먹어도 좀처럼 자신감을 갖지 못하기 때문이다.

이후로 남자에게 필요한 것은 몸과 생활을 돌보는 방법을 익히는 것. 여자는 경제적 자립. 남자도 여자도 구습의 '~다움'에 속박되면 인생이 위험하다!

정의와 지인은 사이가 좋지 않다

공적인 자리에 적합하지 않은 행동을 한 사람이 지위에서
물러나는 것이 당연함에도 '캔슬 컬처cancel culture'라는
미명하에 이를 악습인 양 취급하는 것에 다소 의문이 있다.

이와 동시에 당사자의 '부적절한 행동'을 과거 어디까지
소급할지, 정정이나 사죄는 받아들일지 같은 문제에 관해
서는 신중하게 생각해볼 일이다. 이것저것 너무 뒤죽박죽
이다.

동료가 감싸서 부정을 덮는 것이나, 역으로 과도한 단죄
도 내가 바라는 사회가 아니다. 돌아보면 성별이나 인종,
국적, 성적 취향과 같이 자신의 의지로 바꿀 수
없는 것에서 유래하는 차별, 부당한 학대, 괴롭힘

을 방치하지 않는 것이 가장 기본적인 원리 원칙일 것이다.

다만 공적 입장에 관해서는 이 원리 원칙에 이견을 제기하는 사람은 없을 것이다. 그러나 이것이 '사적 입장'이 되면 복잡해진다.

다음 이야기는 자신의 경우라 생각하고 판단해보길 바란다. 당신의 10년 된 지인 모임에 평소 좋은 친구지만 과음하면 문제를 일으키는 A가 있다. 괜찮은 사람임에도 가끔씩 폭주한다.

어느 날 당신은 다른 멤버와는 전혀 친분이 없는 B와 함께 모임에 참석했다. B라면 모두와 결이 잘 맞을 것이라 생각했기 때문이다.

예상대로 B는 친구 그룹과 좋은 시간을 즐겼다. 그 후에도 B는 몇 번 모임에 참석했다. 그러나 얼마 후 과음한 A가 돌변했다. 대단히 실례되는 행동을 저질러 B는 크게 상처를 받았다.

당신은 재차 B에게 사과했다. 그러자 B는 이렇게 말했다. "모임이 좋아서 가능하면 또 참석하고 싶은데 A도 오겠지?" 자, 여기서 문제. 당신은 B에게 뭐라 대답할까?

"A도 오겠지. 미안, 본디 나쁜 친구는 아니야"라며 A를 감싼다?

"네 말이 맞아! A는 더 이상 못 나오게 하자"라며 B에게 동조한다?

A에게 가서 "B에게 미안하다고 정식으로 사과해"라고 말한다?

불미스러운 사건이 있고 1개월 뒤, 유야무야 다시 모임에 대한 말이 나왔다. 이때 당신은 B에게 이를 알릴 것인가? 정의의 관점에서 보면 제대로 허락을 받고, 출석을 자제해야 하는 사람은 A이다. B는 계속 만남을 원하기도 하므로 '그런 식으로 말하지 마'라고 A에게 주의 정도는 줄 수 있을지 모른다. 하지만 정의를 관철하기 위해 A를 그룹에서 배제하거나 별도의 자리를 만들어 A가 B에게 사죄하도록 할까. 즉 정의를 앞세워 A를 배제할 수 있나?

내가 그 입장이라면 솔직히 자신이 없다.

B를 데려온 것은 다름 아닌 당신이기 때문에 다른 멤버가 행동에 나서기는 껄끄럽다. 애당초 당신이 B를 데려오지 않았다면 일어나지 않았을 사건이다.

최근 갑자기 드는 생각은 정의와 지인은 관계가 좋지 않다는 것이다. 지인이라 불리는 관계성에서는 때로 공정한 판단이 무뎌진다.

문제를 일으킨 A에게 강하게 어필하지 못하는

이유를 몇 가지 생각해볼 수 있다. 교제 기간이 오래되었기 때문에, 모임에 풍파를 일으키고 싶지 않아서, A에게 도움을 받은 전력이 있어서 등등.

요약해서 이 모임에 한정해 말하자면 B만 없으면 아무 문제 없이 평화롭게 지속될 수 있다. 잘못한 것은 압도적으로 A임에도 암묵적으로 이해타산이 작용해 용인하는 분위기가 조성되어, 있을 수 있는 일이라는 식이 되는 것이다.

내용이 딱 들어맞지는 않지만 내가 B의 입장에서 깊은 상처를 받은 경험이 있어서 원리 원칙대로 풀어야 한다고 생각한다. 그러나 나 역시 세상 모든 일에 정의를 행사할 수 있다고 소리 높여 말할 자신이 없다.

공정이 결여된 우정을 악으로 단언할 수 있다면 좋겠지만 사람은 누구나 잘못을 저지른다. 입장을 바꿔 내가 A라면 변함없이 곁에 함께해주는 친구의 존재가 매우 든든할 것 같다. 올바름으로 판단하지 않는 우정은 다른 차원에서 소중한 보석과 같다. 이 문제, 단순히 친구 관계라면 그나마 오래 고민해볼 수 있겠지만 회사와 사회, 정치, 종교 문제라면 그리 간단치 않을 것이다. 아무리 큰 조직이라도 '동료' 의식은 있다.

어떻게 판단해야 할지 매우 고민스러운 문제다.

얼마 전까지는 '노력이 성과로 결실을 맺는다'는 말에 토가 달리는 일은 없었다. 그러나 지금은 다르다.

반론의 주된 논점은 대개 '그렇다면 성과가 없는 사람은 노력이 부족하다는 것이냐?'이다. 그런 말은 한마디도 하지 않았건만….

이것은 '노력의 결실이 있다'를 '결실이 없는 것은 개인의 자질'로 멋대로 오역하기 때문에 일어나는 비극이다. 나는 좀 화가 난다. 언어 도둑들을 차마 눈 뜨고 볼 수가 없다. '노력이 성과로 결실을 맺었다'라는 말을 '모든 것은 개인의 책임'이라는 전혀 엉뚱한 의미로 바꿔치기하다니 비겁하기 짝이 없다.

물론 현실에서 누구에게나 동일하게 노력에 대한 성과가 주어지지 않는다. 노력의 정도와 운과 인연의 타이밍도 있을 것이다.

그와 더불어 사회 불균형, 예를 들면 인종, 성별, 국적 등으로 인한 차별로 노력의 성과에 격차가 생기기 때문이다. 이같은 사실이 완전히 무시되기 때문이다. 그리고 신자유주의가 만연하면서 극단적인 자기 책임론이 횡행하기 때문이다.

조금 더 냉정하게 분석해보면 '불균형으로 인해 노력하기 좋은 환경과 그렇지 않은 환경으로 나뉜다'와 '노력이 성과로 결실을 맺는다'는 별개로 나누어 생각할 이슈다. 한데 섞으면 위험하다. 또한 이 모두 사회문제이지 개인의 자질과는 전혀 관계가 없다. 이것을 어째서 한데 뭉뚱그려 '노력하지 않는 사람을 나무라는 것인가?'라고 개인에게 화살을 돌리는 것은 언어도단이다.

나는 노력한 사람이 개인의 특성에 관계없이 보상받는 사회를 원한다. 노력이 성과로 원활하게 돌아오는 사회는 결과적으로 불균형이 덜하다. 우리 모두 지향해야 할 지점이다. '노력할 수 있는 것'이 특권인지 면밀하게 감시하는 것과 '노력이 성과로 돌아오는' 사회를 향해 나아가는 것은 동시에 가능하다.

물론 정론이 통하지 않는 냉혹한 현실에서는 불균형이라는 큰 벽에 정의가 한발 물러서는 전략이 필요한 경우도 있다. 억울하지만 일단 철수하는 상황이다. 그런 때조차 완전한 포기라고 생각하지 않는다.

　유감스럽게도 불균형은 하루아침에 시정되지 않는다. 그렇다고 해서 '어차피 노력해도 나는 안돼. 사회가 나빠'라며 미지의 가능성을 스스로 포기한다면 안타까운 일이다. 이것이야말로 신자유주의자들의 노림수다. 자신과 그 주변인 외에는 모두 움츠러들도록 온갖 수단을 동원하는 것이 그들의 방식이다.

　노력하고 싶은 마음이 생기는 것은 원하는 것이 있기 때문이다. 우선은 그 지점을 잘 응시해보자. 노력은 절대 떳떳하지 못한 일이 아니다.

　나는 항상 '자신의 욕망을 절대 얕보지 마라'라고 말한다. 누구 때문이든 가슴에 타오르는 불꽃은 그렇게 쉽게 꺼지지 않는다.

　'그렇게까지 노력하고 싶지 않아. 너무 애쓰지 않고 보통으로 살면 되잖아.'

　이렇게 말하는 사람도 있다. 맞는 말이다. 나도 동감한다. 하지만 이것이야말로 천부적 특성으로 인한 불균형이 만연한 사회에서는 이룰 수 없는 신기루 같은 일이다.

나는 언어 도둑들의 교묘한 교란으로 노력과 땀의 진가가 경시되는 사회가 될까 두렵다. 반복하지만 이것이야말로 신자유주의자들의 노림수이기 때문이다.

한편 언어의 의미가 세월과 함께 달라져 본래의 의미를 되찾지 못하는 경우도 있다. 언제부터인가 부정적 뉘앙스를 내포하게 된 '아줌마'도 본래는 여성 친척이나 중년 여성을 단순하게 가리키는 말이다.

'아줌마'라는 말을 듣고 풀이 죽을 이유가 무엇이란 말인가. 즐거운 중년, 즉 아줌마인 나는 이것도 유쾌하게 바꾸기 위해 다방면으로 획책 중이다.

왠지 기가 죽는 밤에는 얼리샤 키스의 '언더독Underdog'을 권한다. 앨범 〈얼리샤〉에 수록된 곡이다.

언더독이란 약자를 말한다. 즉 패배자다. 그러나 "패배자는 도전자이기도 하다. 원하는 것을 포기하지 마라, 언젠가는 이겨낼 수 있다"라고 그녀는 노래한다.

겉치레라 비웃지 마라. 나는 그녀의 패기에서 기운을 얻는다. 가능성의 싹을 스스로 자르는 일만은 절대 하지 말아야 한다.

뭔가 속에 있는데 입안에서만 빙빙 맴도는 답답함은 어디를 긁어도 가라앉지 않는, 피부 깊은 속에서 들끓는 가려움증처럼 불쾌하다.

그래서 딱 언어화되었을 때의 카타르시스는 엄청나다. 아, 여기가 가려웠구나! 유레카아아아아! 소리를 치면서 긁어댄다.

바로 며칠 전까지 나는 뭐라 표현하면 좋을지 1년가량 고민하던 의문이 있었다. 내내 안절부절못했다.

카타르시스는 어느 날 예상하지 못한 방향에서 갑자기 날아왔다. 친구와 오랜만에 여유롭게 차를 마시는데 그녀가 불쑥 이런 말을 했다.

"열심히 하면 마치 야비한 일이라도 한 것처럼 지적받는 세상이 오다니 생각지도 못했어."

유레카아아아아! 이거다. 검은 안개로 자욱하던 가슴속 답답함이 걷히고 그 정체가 드디어 눈앞에 드러났다.

그렇다. 열심인 것이 마치 수치스러운 행위인 양, 그리고 이를 말하는 것이 꼰대인 양 취급받는 요즘 풍조가 나는 내내 이상했다. 열심히 하고 싶지 않은 것을 인정한다면, 열심히 하고 싶은 것도 인정해야 하지 않나.

근로 방식 개혁에 대해서는 매우 찬성한다. 악덕 기업은 절대 사라져야 한다. 그러나 비단 업무만이 아니라, 분발하고 싶은 사람이 자신의 의지로 노력하는 것마저 민폐인 양 취급받는 풍조에 나는 울적하다. 열심인 사람 때문에 상처 받는다고 눈초리를 보낸다면 몰래 숨어서 할 수밖에 없다. 이것은 이것대로 이상하다.

우쭐한 보여주기 식의 노력 어필은 폐해이며, 주위에 강요하는 것도 바람직하지 않다. 분명 지나치게 무리하는 사람은 주위 동료들이 말려야 한다.

하지만 의지를 다져서 분발하는 사람이 슬쩍 한숨을 내쉴 때 '꼭 노력하는 것만이 값진 것은 아니야'라며 마치 위해주는 듯한 말투로 슬며시 발목을 잡는 행태는 뭔가. 이때는 그저 '수고하네' 정도로 충분하다.

과거 도를 넘는 분발을 강요받았던 세태에 대한 실소와는 다른 성격의, 불온한 동조 압력을 최근 몇 년 사이 느껴왔다. '노력이 과해'가 아니라 '열심이군. 응원하고 있어'라며 따뜻한 밀크티를 건네는 자세가 좋지 않을까. 어째서 나무라는 듯 가시 돋친 말을 하는지.

여성 가수 우아의 명곡 '밀크티'에 관해 꽤 오래전 음악 잡지 같은 데서 읽은 에피소드가 기억난다.

우아가 집에서 가사를 쓰는데 꽉 막혀서 끙끙대고 있으니 배우인 남편 무라카미 준이 슬며시 다가와 밀크티를 따라서 테이블에 놓아주었다고 한다. 인터넷에서 찾아도 검색되지 않는 내용이라 나의 기억에 착오가 있다면 용서하길 바란다. 하지만 노력하는 사람에게 보내는 응원의 형태로 이것이 대단히 이상적이라 생각한다.

앞서 말을 꺼낸 친구는 노력하는 모습을 외부에 어필하는 타입이 아니다. 그럼에도 그런 진심을 이해해주는 사람마저 눈에 띄게 줄어드는 모양이다. '너는 노력할 수 있으니 좋겠지만'이라는 누군가의 말 한마디 때문에 목표를 목전에 둔 시점에서 갑자기 긴 줄의 맨 뒤로 쫓겨나는 듯한 느낌을 받게 된다.

원래 세상에는 성실하게 노력하는 사람이 많다고 생각한다. '노력하기 힘들다'고 말하는 사람도 있지만, 그 속을 보면 간혹 너무 애를 많이 써서 지쳤다는 푸념인 경우도 있다.

'그렇지 않다. 나는 전혀 노력하지 못해서 찜찜하다'라는 사람도 있다. 괜찮다. 그런 당신을 위로하는 말과 콘텐츠가 지금 세상엔 넘쳐나고 있다. 당신의 시대다. 분발하지 못하는 것은 분발하는 것과 마찬가지로, 특성 같은 것이기 때문이다.

주변에 전력을 다하는 사람도 잘 보이지 않아 쉽게 '파이팅!'이라는 말이 나오지 않는 것이 요즘 세태이다. 그럼에도 기꺼이 열심히 살고 싶은 사람들이 사라지지 않았으면 좋겠다.

그리고 자신이 분발하지 못한다고 느낀다면 '분발하지 않는다'고 고쳐 말하는 것은 어떨까. 가능/불가능의 차원이 아니라 의사 문제로 하면 조금은 마음이 편해지지 않을까.

나는 보고 싶지 않은 것을 보지 않는 특수한 능력이 있다. 욕실에는 핑크색 곰팡이가 일절 없고, 바지가 꽉 끼어도 저울에 올라가지 않으면 체중은 늘지 않는다.

이렇게 융통성을 발휘하며 사는 것이 편하고, 마음이 가는 대로 의식의 흐름에 집중할 수 있다. 정리할 일이나 마땅치 않은 것에 눈을 질끈 감으면, 욕조에 누워 '나는 정말 행복한가?', '이렇게 가슴이 답답한 이유는 뭘까?' 하는 지극히 개인적인 고민에 오롯이 빠질 수 있다. 아, 오늘은 더할 나위 없이 좋군.

그러나 눈에 보이지도 않는 바이러스로 인해 세상의 많은 것이 도미노처럼 쓰러져 곰팡이가 눈에 들어오게 되었다. 흐음, 곰팡이는 어디까지나 비유다. 어제 안경을 쓰고 제대로 욕실 청소를 했다.

우리는 출구가 보이지 않는 불경기의 거친 파도를 오랜 세월 헤치며 살고 있다. 누구나 자기 앞가림하고 살기 바쁜 세상이다. 지금도 여전히 혼잡한 곳은 피하고 백신이나 마스크로 스스로 보호하는 수밖에 없다.

아니, 마스크를 쓰는 것은 타인을 위한 것이기도 하다. 타인을 위한 행동이 돌고 돌아 나를 위한 것이 된다. 그야말로 도덕의 시간이다.

그러나 실상 '내 일처럼 남을 생각한다'를 표방하기에 현행 사회 시스템이나 법률이 과히 미덥지 않다.

언제부터 이렇게 되었을까? 나의 행복 추구가 나만의 노력에 달린 문제가 아니라고?

우상향의 호경기가 힘들어지자 이익 확대를 위해 오로지 경비 절감에 매진했다. 이것이 올바른 합리화라며 경제가 사회의 방향을 결정했다. 이론적으로 이해는 된다. 그러나 그 결과 비상시국이 닥치자 버퍼가 없는 사회의 취약성이 적나라하게 드러나버렸다.

병상이 부족하고, 보건소가 부족하고, 복지와 보상이 부족하다. 곤경에 빠진 것은 타인이 아니라 돌고 돌아 나 자신에게까지 닥쳐온다. 국민 모두가 약자라 표현하면 과장일지 모르나, 이 정도까지 힘든 사람이 넘치는 사태는 역사적으로도 패전 직후 정도가 아닐까.

감염 리스크를 안고 일터로 나가야 하는 생활인이 존재하는 상황에서 전염병을 완전히 방어하기는 불가능하다. 욕실의 곰팡이와 달리 나 혼자서 어떻게 해결할 수 있는 문제가 아니다.

오롯이 자기 앞가림만 간신히 하고 사는 것은 나만의 문제인가? '자기 책임'이라는 의미에는 남에게 관여하지 않아도 된다는 의미가 포함된 게 아니었나?

지금까지 횡행하던 합리화는 도대체 누구를 위한 것이었을까.

냉소가 답이던 시대는 이미 한참 전에 끝났건만, 주의하지 않으면 나는 여전히 날을 세운 채 사회에 벽을 쌓게 된다. '그런 거지, 뭐'라며 마치 남 일인 양 외면해버린다. 무의식적으로 참고 있다는 것도 깨닫지 못한 채.

이상하다고 생각한 것을 '이상하다'고 말하기가 얼마나 어려운지…. 말을 꺼내려고 하면 목이 막힌다. 이렇게도 심리적 부담이 큰 일인지 미처 몰랐다. 냉소적인 태도가 백배 편하다.

미국의 컨트리음악 밴드 딕시 칙스는 부시 정권 시절 반정부 색이 강한 발언을 해서 한동안 배척당했다. 이후 노예제를 연상시키는 '딕시독립혁명에서 노예제를 폐지하는 주와 존속하려는 주를 갈라 메이슨 딕슨 선Mason and Dixon Line이 상징적 경계선으로 그려졌다'라는 단어를 빼고 더 칙스로 개명했다. 그리고 저항 정신이 담긴 '마치 마치March March'를 발표했다. 뮤직비디오의 첫머리에 이런 문구가 있다.

"만약 당신의 목소리가 아무런 힘이 없다면 그들은 당신을 침묵시키기 위해 아무런 노력도 하지 않는다."

역시 뜨겁다.

솔직히 말하면 나는 죽을 때까지 내 일만 생각하며 살고 싶다. 사회문제는 개인적인 것이 어느 정도 정리되면, 다시 말하면 최대한 뒤로 미뤄둘 수 있다면 좋겠다.

그런 한가한 말을 할 수 없게 된 세상인지 모르겠다. '사회에 따지기 전에 자기 옷깃부터 정리하라'라고 배워온 자기 책임 세대에겐 한층 큰 시련의 시기다.

어, 그거 뭔가 이상하지 않나요?

남을 엄격한 기준으로 판단하지 않고 원만하게 살고 싶다. 늘 그렇게 생각한다. 그러나 수행이 모자란 인간인지라, 때로 심술궂은 잣대가 불쑥 튀어나온다. 유감스럽게도 그런 순간 유독 빛이 난다.

바로 얼마 전의 일이다. 누군가와 이야기를 나누다 중간부터 이상한 위화감이 들기 시작했다. 귀에 들어오는 말은 분명 나름의 문장 형태를 이루는데 내용이 소화되지 않고 뇌에서 더부룩하게 쌓였다.

친구라 부르기엔 좀 멀고, 가까운 지인 정도인 사이다. 내용인즉 예전에 그녀에게 한창 열을 올리던 남성이 지금은 다른 여성에게 빠져 있다는 사실을 알게 된 모양이다.

이 이야기의 흐름이 '주변에서 쉽게 해결하려는 지질한 인간이라니 정말 짜증 나요!'라든지 '사귈 마음은 없었지만 지인과 사귀는 것을 보니 헤어지길 잘했다 싶더라고요'라든지 '그 남자가 나한테 추근거린 사실을 모를 텐데 걱정이에요'라는 식으로 전개되었다면 '맞아요! 하지만 이미 차버린 남자니 더 이상 상관하지 마세요. 그 사람도 성인인데 알아서 하겠죠'라며 등을 탁탁 두드리면서 위로하는 엔딩이 되었을 것이다. 나의 뇌도 소화불량에 걸리지 않았을 것이다. 조리에 어긋나는 감정을 솔직하게 드러내는 것은 순수해서 좋다.

그러나 현실은 달랐다. 지인은 '두 사람에게 죄송한 마음이 커요. 그 남자분의 기대에 따라주지 못했지만, 그로 인한 외로움 때문에 다른 여성에게 눈을 돌린 것이라면 나에게도 책임이 있죠'라는 것이다. 예에에? 논리가 왜 그렇게 되죠? 물음표가 불꽃처럼 타올라 뇌가 완전히 정지되었다.

상대는 지극히 당연하다는 표정으로 이렇게 말하니 바로 반론하기도 힘든 분위기다. '하아아!' 하고 적당하게 맞장구로 흘려보내는 수밖에 없었다. 친한 친구 관계도 아니라서 '애, 그건 좀 이상하잖아!' 하고 시원하게 따지지 못해

답답했다.

　이 위화감이 뭔가와 비슷한 것 같다는 생각이 들었는데 얼마 전 얼굴과 몸을 조잡하게 수정해주는 가공 앱 화면을 봤을 때의 느낌이다. 배경의 벽이나 가구가 모두 찌그러져 있는데 '왜곡이 없는 것으로 인식하라'라며 만면의 웃음으로 강요하는 타입의 사진이 꽤 있다.

　아니, 사진 가공은 문제가 없다. 나도 한다. SNS에서 간간이 한다. 현실과 사진의 괴리는 귀여운 수준이다. 여성으로 말하자면 두 번째 화장 비슷한 것이다.

　그러나 곤란하게도 사진에만 필터를 끼울 수 있는 것이 아니다. 이야기를 과장하는 것을 현실에서 필터 가공의 일례라고 하면 이해하기 쉬울 것이다. 이것은 진짜 무섭다.

　과장 방식이 너무 심하다거나 허술하면 우스갯소리로 받아들이지만, 제일 곤란한 것은 앞에서 나온 것처럼 '예? 왜 그런 식으로 전개되죠?' 하고 고개를 갸우뚱하게 만드는 조잡스러운 가공이다. 말의 배경이 완전히 틀어져 있다.

　조잡한 가공을 주로 하는 사람들의 공통점은 항상 세계의 중심에 자신이 있다고 믿고 의심하지 않는 강심장과, 중심에 자신을 두기 위해서라면 배경을 일그러뜨려도 전혀 개의치 않는 담력, 이 둘을 모두 겸비한 사람이라는 것이다. 단적으로 말해 진짜 부럽다.

이런 부류의 조잡한 가공을 하는 사람들은 본인의 가공력이 얼마나 저급한지 전혀 알지 못한다. 안다면 부끄러워서 도저히 하지 못할 일이다.

그렇다면 혹시 나도 지각하지 못하는 사이에 조잡하게 가공한 '나만의 현실'을 세상에 떠들고 다녔던 것은 아닐까. 인지 가능한 모든 것은 나의 뇌 속에서 이미 어떤 가공이 이루어졌다고 가정하는 편이 옳을 것이다.

이것은 진실과 사실의 차이다. 사실은 단 하나뿐이지만, 진실은 사람 수만큼 존재한다는 그것.

주관에 기반해 도출된 사실은 '사실과 거의 일치하는 진실'과 '사실에서 멀리 떨어진 진실'이 있으며, 자신의 본심을 깨닫지 못하면 '사실에서 멀리 떨어진 진실' 쪽으로 마음이 가기 쉽다는 것을 잊지 말아야 한다. 이것이 자칫 '예?' 하는 위화감을 만든다.

'예?'를 피하기 위해서는 자신의 내면을 마주하며 본심을 계속 응시하는 수밖에 없다. 노안으로 초점이 잘 맞지 않는 나로서는 한층 부담스러운 문제다.

어제 당연한 것이 오늘은 비상식?

지긋한 무더위가 연일 이어지는 와중에 너무도 시대착오적인 한 기업의 광고 표현이 더 짜증스럽게 만든다! 어떻게 이것이 사내 회의에서 통과된 것인지 심히 이해되지 않을 정도. 노파심에서 뭔가 회사 전체적으로 세미나라도 해보는 게 좋겠다고 제안하고 싶다.

며칠 전 흑인 여성의 멋진 곱슬머리 사진 옆에 '찰랑찰랑 반짝반짝 빛나고 싶다'라는 카피의 미용실 전용 상품 포스터 때문에 비판이 일었다. 당연히 문제다.

특정 인종(아프리카계)의 신체적 특징(곱슬머리)을 당사자(포스터 속 아프리카계 여성)가 부정하는 듯한 광고 표현 문구(찰랑찰랑 반짝반짝 빛나고

싶다)를 다른 인종(일본인)이 만드는 것 자체가 언어도단
이다.

본인이 그렇게 원한다면 문제가 없다. 우리를 예로 든다
면 홑겹 눈인 사람이 눈 성형을 하고 싶다면 얼마든지 하면
된다. 그러나 홑겹 눈을 한 아시아 여성의 전면 얼굴 사진
옆에 '선명하고 또렷한 쌍꺼풀을 갖고 싶다'라는 카피의 포
스터를 쌍꺼풀을 선호하는 문화권의 비아시아인이 제작한
다면 발끈할 것이다.

차별할 의도는 없었다고 해당 기업이 표명하고 포스터
를 회수한 모양이지만, 차별은 의도하지 못한 지점에서 대
단히 빈번하게 발생한다.

나도 당연히 무의식중에 차별 의식이 나온다. 무심코 불
쑥 편견과 차별 의식이 정체를 드러내 당황한 경험이 한두
번이 아니다. 따라서 항상 배우지 않으면 안 된다.

바로 얼마 전까지 당연하던 것이 오늘은 비상식, 이렇게
돌연 규칙이 바뀌지는 않는다. 이전부터 아니었던 것이 이
제는 확실히 아니라는 인식으로 더 굳어지는 것이다.

조금 오래된 일이긴 하지만 나는 노기자카46의 멤버 야
마시타 미즈키가 출연한 마우스 컴퓨터 광고를 매우 좋아
한다.

회사 컴퓨터를 교체하기 위해 받은 견적서가 너무 고액이라 의식을 잃은 사장이 병원 응급실로 실려 왔는데 이를 야마시타 미즈키가 의사로 등장해 상대한다.

'네, 여기 처방전'이라며 합리적인 가격의 마우스 컴퓨터를 권하는 스토리인데, 의사 역할인 그녀는 연지색 상의와 바지 차림에 흰 가운을 걸쳤다. 머리는 하나로 단정하게 묶었다.

드디어 이렇게까지 변화했나! 감격으로 두근거렸다. 5년 전이라면 여주인공은 성적 매력을 전면에 내세운 섹시한 여의사 역할이었을 것이고, 10년 전이라면 청초한 간호사 역할이었을 것이다.

여성 아이돌이 종래의 고정관념이 아니라, 업그레이드된 여성 역할과 스타일로 출연한 광고였다. 다소 과장이겠지만, 5년은 더 뒤에나 볼 수 있을 것이라 생각했다.

2005년에 첫 방영된 해외 드라마 시리즈 〈그레이 아나토미〉는 벌써 20년 가까이 되어간다.

그러나 현실 사회는 아직 냉혹하다. 의과대학에서 오랫동안 여성 수험생의 점수를 낮게 주어 부당하게 차별했던 추악한 사건 도쿄 의과대학이 입시에서 여학생에게 불리하게 차별한 점수 부정 조작이 대학 당국 주도로 행해졌다는 사실이 2018년 내부

조사를 통해 드러났다. 이에 문부과학성은 탐문 조사를 실시해 복수의 의과대학에서 이와 비슷한 사례의 성별 등에 따른 차별이 있었다는 사실을 밝혀냈다 도 있었다. 절대 용서받을 수 없는 사건이다.

물론 지금도 오십 대 유명 남성 배우가 연구자 역할로 나오는 한 광고에서 이십 대 여성으로 보이는 조수 역할의 탤런트가 어시스턴트로 옆에 서 있다. 모든 것이 단번에 변하지는 않을 것이다. 이 여성이 사십 대가 되었을 때는 현실이든 광고든 연구자로 당당하게 나서는 시대가 되었으면 좋겠다.

상처에도 굴하지 않는
여자를 위한 찬가

20여 년 전의 일이렷다. 그때는 세상의 형편이 괜찮아서 장사도 그럭저럭 번성했다.

하루하루 전쟁이었지. 선두의 돌격조는 남자 여자 가릴 것 없었고, 우리들도 가마를 만들어 전쟁터로 떼 지어 나가 결전을 치렀다네. 항상 손이 모자랐지.

어느 날 불의 나라에 부싯돌 같은 여자가 있다는 풍문이 들려왔어. 찾아가 보니 과연 소문대로 전광석화야.

앞뒤 가리지 않는 대포알 같으면서 예의도 있어. 따스함이 넘치는 눈매는 단단했고, 흘깃 보아도 가히 산을 불태울 듯한 처자 같았네. 무엇보다 우리와 똑같은 냄새가 났어.

도성으로 올라와 우리는 날뛰었지. 처자를 넘겨라, 도성으로 올려 보내라, 처자가 오면 우리의 세가 눈처럼 불어나리라 대장에게 고하여, 납치하듯 데려왔지.

그 덕분에 우리는 꽤 술술 잘 풀렸네만 그대로 불의 나라에 있었다면 그 여인은 완전히 다른 인생을 살지 않았겠나…. 한참이나 나이 많은 남정네들을 상대해서 술을 겨루며 어느덧 그럴듯하게 산적의 꼴을 갖춘 여자를 볼 때마다 그런 생각이 든다네.

오호라, 감격해서 눈물이 차오른다. 지금 이곳은 시부야 히로오에 있는 고급 이탤리언 레스토랑이다. 멋지게 성공한 후배님 옆자리에 앉아 나는 옛 추억에 잠기며 카르파초를 먹고 있다.

대학 졸업 후 첫 직장으로 입사한 회사의 대선배가 정년 퇴직한다고 하여 오랜만에 모인 역전의 용사들, 그 사이에 그녀가 있다. 규슈 영업소에 있는 젊은 친구가 능력이 대단하다는 말을 듣고 가보니 과연 출중함이 소문대로였다. 선배들과 '도쿄로 데려와달라!'라고 상사를 들볶았는데 그게 어느새 벌써 20년 전이다. 세월이 정말 빠르다.

에두르지 않는 솔직한 말투는 여전하고, 빼어난 업무 수

완은 이제 무슨 일이든 끝장을 내는 대단한 괴력으로 변했다. 이보다 더 듬직할 순 없다.

당시는 능력만 있으면 남자나 여자나 상관없다고 생각했는데, 실은 남자 이상으로 우악스럽게 일하고, 이를 남자들에게 인정받는 것이 일하는 여자의 기본 전제였던 듯하다.

일부러 말투를 거칠게 하고, 접대 자리에서는 예민한 불안이 드러나지 않도록 폭음, 폭식했으며, 밤낮을 잊고 일했다. 눈에 들기 위해서는 이 방식이 가장 빨랐던 야만의 시대다.

이로써 여성스러움을 완전히 잃어버린 것은 아니지만, 나는 불도저식 파워가 아닌 '나만의 정체성'을 찾기까지 꽤 시간이 필요했다.

지금의 후배님은 누가 봐도 틀림없이 최고의 상태다. 다만 '그대로 지방에 남아 있었다면 지금쯤…' 하는 생각을 하니 불러들인 무리의 일원으로서 한편 뒤가 켕기는 마음을 떨칠 수 없다.

"무슨 말이에요. 여기서 혼자 즐겁게 잘해나가고 있는데."

후배님의 다소 무뚝뚝한(그러나 본인은 무감각한) 산적 같은 말투다. 분위기를 누그러뜨리는

'고마워요'라든지 '감사해요'라는 식의 빈말은 일절 없다.

어깨로 바람을 가르며 도심 한복판을 가르는 여성에게도 때때로 청천벽력의 고난이 닥친다. 죽도록 힘들고 고달프다. 그럴 때는 영화 〈위대한 쇼맨〉의 주제가 '디스 이스 미This Is Me'를 추천한다. 일선에서 고군분투하는 여성들에게 힘찬 응원이 되어줄 것이다. 번역된 자막이 달린 워너 뮤직의 공식 동영상이 유튜브에 있으니 꼭 한 번 들어보면 좋겠다.

나다운 게 무엇인지 고민일 때는 특히 스스로를 북돋아줄 자양 강장제 같은 엔터테인먼트가 상시 필요하다. 상처 받아도 굴하지 않는 여자에게 보내는 찬가이자, '여자를 기운 나게 해주는 음악' 플레이리스트에 '디스 이스 미'를 추천한다.

후배님, 그동안 멀찍이 지켜보기만 해서 미안하네. 오늘 밤은 당신의 '디스 이스 미'에 건배를.

나이를 먹는 것이 좋은가, 아니면 괴로운가. 감정을 냉철하게 들여다보면 현시점에서는 6:4로 '좋다' 쪽이다. 확실히 7:3이라고 말하기는 힘들지만.

나이를 먹으면서 인생의 맛은 깊어지지만 그렇다고 '젊을 때보다 훨씬 즐겁다'며 웃는 얼굴에 큰 소리로 떠들어대는 것도 허풍스럽다.

젊을 때는 즐거움과 괴로움의 G(중력)가 지금의 몇 배나 되었고, 무엇보다 너무 바빴다. 지금보다 훨씬 반짝반짝 빛나긴 했다. 그러나 돌아가고 싶냐고 물어본다면 '그건 좀…' 하고 살며시 부정하고 싶은 것이 본심이다. 그렇게 죽기 살기로 뛰어다닐 기력과 체력이 없다. 젊을 때는 청춘 나름의 즐거움과 괴로움이 있고, 중년에는 중년의 그것이 있다. 딱 그런 느낌이다.

나이를 먹는다는 것. 예전부터 조금은 무신경하기도 하고, 젊은 몸일 때도 특출하다 할 만한 것이 없어서 육체 변화는 그냥 느긋하게 받아들이고 있다. 얼굴 면에서는 피부 처짐이나 꺼짐 자체에 대한 탄식보다는, 이것들에 효과적이라는 건강 보조제와 피부 관리의 효과가 예상한 것보다 좋을 때의 기쁨이 더 앞선다. 미용 의학도 나날이 진보하고 있어서 호기심이 발동해 참을 수가 없다. 나름의 시술을 받을 마음가짐도 되어 있다. 이것도 또 다른 즐거움이다.

사십 대 중반부터는 강철이라고 생각하던 멘탈이 흔들리는 시기가 왔다. 이유도 없이 슬퍼진다든지, 침울해져서 소파에서 일어나지 못하기도 했다. 이른바 갱년기 장애의 일환인데, 이것이 제2의 사춘기처럼 새삼스럽기도 했다.

의지할 데 없는 연약한 자신을 추스르고 추슬러서 완숙한 중년기에는 군인처럼 된다. 이게 뭐랄까, 마치 두 번째 맞는 열네 살 같은 느낌이다. 막연한 불안, 밑도 끝도 없이 떼를 쓰고 싶어지고, 자존감은 바닥으로 떨어진다. 그러면 머릿속 어딘가에서 내 안의 군인이 불쑥 나타나 '이게 무슨 유별이야'라며 분위기를 깨는 바람에 방황이 조금 오락으로 느껴지기도 한다.

제2의 사춘기를 맞은 탓인지 잘 모르겠지만 근래에는 '생활과 일의 조화'를 생각하게 된다. 지금까지는 일에 충실한 것만이 생활에 충실한 의미로 직결했으나 지금은 일만으로는 인생에 빈틈이 많다는 것을 느낀다. 나로서는 커다란 변화다. 마력이 듣지 않게 되었으므로 다소 일을 줄였더니 낮잠 시간만 늘었다. 생활은 충족되지 않는다. 어떻게

할까?

　다음 십 년은 인생의 새로운 균형을 찾는 것이 주제가 되리라 생각한다. 일과 오락과 휴식(주로 수면) 이 셋으로 충분하던 지금까지와는 달리, 심신의 자기 관리라고 하는 새로운 카테고리에 시간을 할애하지 않으면 안 된다. 일과 오락을 너무 하면 관리 시간도 늘어나므로 꽤 머리를 써야 하는 작업이 될 것이다.

　이렇게 계속 자기관찰과 미세 조정을 해나가면서 즐거움과 괴로움을 6:4 정도로 유지한 채 노년을 맞고 싶다.

　변화를 즐길 수 있다면 그리 무리한 난제는 아니라고 생각한다.

옮긴이 송수영

대학과 대학원에서 일본 문학을 공부했다. 《Friday》, 《The Traveller》, 《여행 스케치》 등의 편집장을 거쳐 현재는 출판 업무와 전문 번역에 종사한다. 저서로 《어떻게든 될 거야, 오키나와에서는》이 있으며 《과학으로 증명한 최고의 식사》, 《집이 깨끗해졌어요!》, 《의사가 알려주는 내 몸을 살리는 식사 죽이는 식사》, 《여행의 공간 1》, 《고운초 이야기》, 《온다 리쿠의 메갈로마니아》, 《한 그릇 카페 밥》 등 다수의 번역서가 있다.

혼자서도 행복할 결심

초판 1쇄 발행 2023년 9월 1일

지은이　제인 수
옮긴이　송수영
펴낸이　명혜정
펴낸곳　도서출판 이아소
교열　정수완
디자인　ALL contentsgroup

등록번호　제311-2004-00014호
등록일자　2004년 4월 22일
주소　04002 서울시 마포구 월드컵북로5나길 18 1012호
전화　(02)337-0446 팩스 (02)337-0402

책값은 뒤표지에 있습니다.
ISBN 979-11-87113-64-5　03830

도서출판 이아소는 독자 여러분의 의견을 소중하게 생각합니다.
E-mail : iasobook@gmail.com